손|이|화|이|야|기

무당 엄마와
비보이 아들

손이화 지음

손이화이야기
무당 엄마와 비보이 아들

1판 1쇄 인쇄 | 2010년 2월 10일
1판 1쇄 발행 | 2010년 2월 13일

지은이 | 손이화
발행인 | 박현숙
펴낸곳 | 도서출판 깊은샘

등 록 | 1980년 2월 6일 제 2-69
주 소 | (110-320)서울시 종로구 낙원동 58-1 종로오피스텔 606호
전 화 | 764-3019, 764-3019
팩 스 | 764-3011

ISBN 978-89-7416-221-4 03810

손이화 이야기

무당 엄마와 비보이 아들

목차

꼬였으면 풀어 나가자구요

아들아, 춤추며 사는 인생도 그럴듯하겠지?

신령님, 기왕에 오셨으니
한판 흐드러지게 놀다 가시죠

첫 번째 손님

내림굿을 받은 후 드디어 첫 손님이 찾아 왔다.

한복으로 꽃단장을 하고 잔뜩 긴장한 채로 공손히 맞았다.

내림굿을 하기 전에도 말나오는 대로 점이란 걸 보긴 했으나, 정식으로 내림을 받고 점보는 일은 처음이니 긴장도 되었다.

원치 않던 나에게 불쑥 찾아오신 신령님이 어떻게 일을 처리하실 지 자못 궁금해 하면서 영험하신 분이 들어오시기를 기다렸다. 그런데 기다리는 신령님은 오실 기미가 없고, 손님은 내 입이 떨어지기를 간절히 기다리는 게 아닌가. 이대로 침묵이 이어지면 내 스타일은 확 구겨지면서 완전 망가질 판이었다.

손님을 잠시 기다리라고 해놓고는 화장실을 가는 듯 방을 나와 신어머니께 전화를 했다.

"어머니, 큰일 났어요. 손님이 와서 점 보는데 신령님이 나타나셔야하는데 도통 나타나시지 않네요. 어떡하죠?"

내 전화에 신어머니는 깔깔 웃으시더니,

"네가 하고 싶은 말하면 그게 신령님 말씀이야."

"아, 그런 거예요. 알았어요."

후다닥 다시 들어와 내 느낌대로 말을 하니 손님은 다 맞다는 듯 신기해하며 내 뒷말을 기다렸고, 그 점은 무사히 끝났다.

그 후로도 점을 볼 때면 신령님이 나타나실 때를 기다렸다가 내 느낌의 처방을 내렸다.

내게 있어서 신령님은 갑자기 "짜잔 짠!" 하고 나타나시는 게 아니라 내 곁에 있다가 나타나시는 것이다.

또한 16년 동안 신이 내렸으니 별 수 없이 무당 일을 하면서 내 나름의 비책이 저절로 마련되었다.

세상에 태어나 살면서 달리 뾰족한 수가 있는 게 아니다.

하루 세 끼 밥 먹고, 하루 한번 잠자고, 때 되면 시집가고 장가가 아들 딸 낳고 살면서 지지고 볶아치는데, 그 속에서 일어나는 일이 그게 그 타령인 공통점이 있다.

무당을 찾는 사람들은 대부분 여자들인데, 그들은 크게 분류하면 세 종류로 보면 된다.

첫째는 바람이다.

대게는 남편의 바람으로 인한 고민인데, 요즘 들어와서는 자신의 연애로 인해 찾아오는 경우가 많아지고 있으니 우습지만 외도에도 남녀평등은 이미 정착이 되었다.

두 번째는 돈 문제로 치사한 경우가 많다.

사업이든 실직이든 경제가 궁핍해졌거나, 아니면 돈이 너무 많아서의 생기는 재산문제가 많은데 참으로 눈뜨고는 못 볼 광경이다.

세 번째는 위의 두 가지가 합쳐진 경우이다.

집안문제로 합치기 어려운 강을 건너버린 경우와 기타 질환 등 우리네 인생사의 꼬인 문제들이니 기타 등등이라고 해야 할 것인데 이 문제는 신의 경지로 해답을 내야하는 내 머리도 사뭇 지끈거리는 아이템이다.

내가 느닷없이 신 내림을 받은 건 신령님이 애초에,

"손이화야, 너는 큰 무당으로 무형문화재도 되고 잘 먹고 잘 살아라."

라는 의지를 가지시고 나를 특별히 뽑지 않았나하는 생각이 든다.

그렇지 않고서야 두 번의 결혼과 두 번의 이혼, 첫 남편과의 사이에서 태어난 아들의 죽음, 유방암 말기로 여자 상징인 한쪽 젖무덤을 깡그리 잘라내시고, 하던 사업은 못하게 하시더니 무당으로는 용하다는 입소문이 나게 해 돈 잘 벌게 하는 등 세상의 온갖 일을 당하게 해 어느 누구를 만나도 내 경험을 들먹이면서 이야기를 풀어내게 하는 경험의 노하우를 갖추도록 배려를 하셨으니 말이다.

그런 신의 의지가 아니라면 어쩌자고 한 여자에게 일일이 열거할 수도 없는 수많은 일을 당하게 하실 수가 있단 말인가. 그런 뜻이 아니라면 나는 너무나도 불공평하다며 신령님한테 소리치면서 두 팔 걷어 부치고 한판 붙을 각오를 하고 죽기 살기로 덤벼들 것이다.

총채, 책받침, 그리고 열쇠 꾸러미

내게 본격적으로 신이 오기 시작한 걸 감지한 때는 두 번째 남편과 살때이다.

두 번째 결혼을 결심한 것은 그와 특별히 연애감정이 있어서가 아니라 우선 싫지 않았고 그에게 두 아들이 있다는 것이었다. 두 아이를 두고 나온 것에 대한 죄책감을 갖고 있었기에 남의 아이를 잘 키워내는 것으로나마 죄 값을 갚고 싶었던 것이 그를 선택하는 결정적 이유가 되었다.

그래서 나의 두 번째 결혼생활은 네 식구로 출발한 셈이었다. 내가 아이들을 원해서인지 아이들도 나를 싫어하지 않아 아주 원만한 편이었다.

곧바로 상훈이가 태어났고 나의 두 번째 결혼은 성공적이었다.

가정주부로, 일을 하는 여자로서 참으로 오랜만에 가족이 있는 행복도 누릴 수 있었다.

그런데 어느 날 아침에 가게 청소를 하려고 총채를 집어 들자 나도 모르게 막춤이 나왔다. 처음엔 내가 총채를 들고 먼지를 턴다는 생각을 했다. 이웃 사람들은 춤을 추면서 총채질을 하면 더 청소가 더 잘 되냐는 말을 해도 그게 무슨 의미인지 몰랐다. 그때 나는 쓸고 닦는 일은 대충 해도 총채질만은 참으로 열심히 했다. 총채질이 신났기 때문이다.

그렇게 총채를 흔들며 청소를 하다가도 가게에 사람이 오면 나도 모르게 느닷없는 말이 툭 튀어나왔다.

"아저씨, 두 번째 부인하구 살지?"

그 사람이 머쓱해하며 기가 차다는 듯 가버리면 그 아저씨 속내를 아는 사람이 나를 바라보며,

"당신 신 들렸어, 그렇다고 다짜고짜 그렇게 말하면 어떻게 하누."
하면서 내 말이 맞다는 것을 시인했다.

그렇게 마치 족집게 무당처럼 상대방을 훤히 알아내는 일이 점차 많아졌다.

집에 돌아오면 춤이 추고 싶어 몸이 근질근질해 견딜 수가 없었다. 견디다 더 이상 참을 수 없게 되면 한밤중에 일어나 장롱을 뒤졌다. 그리고는 빨간 치마와 초록 저고리를 꺼내 입고 춤을 추기 시작했다. 양손이 허전해 춤 맛이 나지 않자 아이의 책가방을 뒤져 책받침을 꺼내 들었다. 책받침을 부채삼고 다른 손에는 열쇠 꾸러미를 방울삼아 덩실덩실 춤을 추면 저절로 신이 났다.

친정식구들과 가족 나들이

아들 친구들과 비보이 춤을
추다가 한컷 찰칵!

어린 상훈은 연이은 발목수술로
늘 잡아줘야 했다.

신령님, 기왕에 오셨으니 한판 흐드러지게 놀다 가시죠 15

그렇게 한참을 추다가 조금 제 정신이 들면 벌러덩 누워

"인간 손명숙, 정신 차리자."

중얼거리다가

"무당이면 어때, 인간 손명숙이가 무당 되는 게 뭐 어때? 큰 무당 되면 되지, 큰 무당 된다니까."

그리고는 다시 일어나 책받침과 열쇠 꾸러미 들고 신명나게 춤을 추었다.

그런 일이 반복되자 남편이 알게 되고, 아이들도 알게 되었다.

남편은 못하게 말리다가 결국은 마구 욕을 하고 큰 소리로 화를 내 평화롭던 집안 분위기는 엉망이 되어갔다.

생각해보니 내가 춤을 추기 시작한 것은 세월을 더 거슬러 올라가야 한다.

그러니까 상훈이를 가졌을 때다.

배가 불러 집에서 쉬면서 TV로 '국악한마당'을 보고 있었는데 어깨가 들썩이고 춤사위가 절로 나와 일어나 한바탕 춤을 췄다. 다음날 곧바로 종로 한복집에 가서 부채와 화관무 옷을 맞췄다. 그 옷을 입고 춤을 추니 정말 신명이 저절로 났다. 그렇게 몰래 춤추고 했지만 남편이 알면 안 될 것 같아 아는 집 지하에 맡겨뒀고 이사를 갈 때는 그 옷을 잊지 않고 챙겨 들고 다녔다.

상훈이를 가져 한 일이라고는 몰래 춤을 많이 추었으니 태교를 춤으로 한 셈이다.

세상에 공짜는 없는 법이다.

상훈이 공부는 뒷전이고 춤만 추더니 급기야 비보이가 된 것은 에미

탓이다.

방울소리

책받침과 열쇠 꾸러미를 들고 밤마다 춤을 추던 시간이 지나자 내 귀에 방울소리가 들리기 시작했다.

남편이 나를 부르는 소리가 방울소리로 들리더니 점점 가게 손님들과 아이들 소리까지도 그렇게 들려오기 시작했다. 아니라고 머리를 흔들면서 도리질을 하고 아무리 부정해도 그 소리는 더욱 자주 짤랑짤랑 방울소리로 들렸다.

"야, 인간 손명숙아, 정신 차려라… 딸랑딸랑…."

"무당 되면 어때. 인간구제하면 되지… 딸랑딸랑…."

그 환청은 내 귀를 두드리고 내 가슴을 때리더니 급기야는 나를 사로잡았다.

어느 날 남대문에 있는 가게로 택시를 타고 출근하다가 마음이 변해 갑자기 삼각산으로 방향을 틀었다.

"굿당 있는데 아세요? 그리로 가 주세요."

다행히 택시 운전사는 굿당을 안다고 했다.

"굿하는 친구가 구경 오라고 해서 가는 거예요."

운전사가 왜 가냐고 묻지도 않았는데 그렇게 말하고 빨리 가달라고 독촉했다.

굿하는 곳은 여러 곳이었다. 나는 그중에서 사람이 많은 굿당에서 굿 구경을 하고는 그냥 그곳에 머물렀다.

우두커니 앉아있기가 뭐해서 일하는 곳으로 가 양파를 까고 나물도 다듬으면서 시간을 보냈다. 밤이 이슥해지자 굿하던 방에서 들어가 혼자 실컷 춤추다가 잠이 들었다.

다음날에도 그곳에서 머물렀는데 사람들은 내가 무당 아니면 일해 주는 아줌마라 여기는지 별다른 신경을 쓰지 않아 그곳에 있는 게 불편하지 않았다.

그곳에서 무당이 굿하는 굿 구경을 보면서 무당은 살기 힘든 사람에게 좋은 친구가 되어주어야 한다는 것을 알게 되었다. 죽은 자의 넋을 달래는 진혼굿이든 좋은 일만 있으라는 재수굿이든 뭔가에 의지하려는 사람들을 위해 굿하고 춤춰야 한다는 생각을 그때부터 하게 되었고 지금도 그 생각은 변함이 없다.

그때 불현듯 여학생 때 읽은 모파상의 『진주목걸이』를 떠올렸던 기억이 난다.

잃어버린 목걸이가 가짜인줄 모르고 진짜목걸이 값을 만들기 위해 애쓴 이야기가 그곳에서 왜 떠올랐는지 나도 참 모를 일이었다.

그 기억 때문일까? 무당이 되고 기도할 때 남과 똑같이 기도하면 안 된다는 생각으로 한 겨울 산속에서 기도할 때 팬티만 입고 눈 위에 앉아 밤새도록 기도하곤 했다. 무당은 뼈를 깎고 살을 태워야 신의 원력으로 일할 수 있다는 생각 때문이었다.

삼각산에서 낮에는 양파껍질 벗기고 나물 다듬다가 밤에는 춤추면서 며칠을 보내다보니 '내가 여기 왜 있지?'하는 의아심이 들면서 비로소 집에서 난리가 났겠구나 하는 생각이 들었다.

집에 돌아오니 남편은 어디 갔었느냐는 호통 뒤에, 인신매매에 끌려가 마늘 까고 있는 줄 알았다며, 걱정깨나 했음도 말하면서 다시는 그러지 말라고 신신당부를 했다.

또 가출하면 집안에 가둔다는 협박을 받으면서도 내 귓가에 방울소리만 들리면 다시 가출을 감행하곤 했다. 그리고 베란다에 상을 차려놓고 두 손을 비비며 빌고 식구들 몰래 춤추는 일도 멈추지 않았다.

신이 내리는 일은 정말 아무도 말릴 수 없는 일이다.

누군 받고 싶어 받나?

신이 내리면 말 그대로 말리지 못함으로 신령님의 가호를 기원하면서 그냥 젖은 채로 입고 살아야 한다.

신 내림은 집안의 업보

내게 신이 오신 것은 우리 집안의 업보가 있기 때문이다.

지금에서야 이야기하자면 우리 아버지가 신을 받았었다. 아버지는 이북 황해도 출신으로 6,25동란 때 남하하였다. 황해도에서 지주 집안이었으므로 그곳에서 살 수 없어 빈손으로 김포로 와서 김포 토박이 아주머니가 경영하는 '평화만물상회' 직원으로 취직했다. 그 만물상회 아주머니는 조상을 잘 모시는 분으로 후에 김포 도당굿을 하는 당주가 되었다. 후일 내가 무당이 되고 만물상회 아주머니를 만났을 때 그 분은 도당굿

굿 준비는 옷 손질이 최우선.

얘기를 해 주었고 그 굿이 사라져가는 걸 안타까워 하셨을 때 내가 잘 이어갈 테니 염려 마시라는 말을 했다.

그즈음 총각인 아버지에게 신이 내려 무병을 앓았다.

아버지는 법당은 차리지 않고 영업재수만 한다는 조건으로 하성의 한 박수로부터 신굿을 받았다. 그도 그럴 것이 아버지가 일하는 평화만물상은 아버지가 직원으로 일하면서 놀라울 만큼 잘됐을 뿐만 아니라 아버지와 연관되어 일하는 사람마다 큰돈을 벌어서 아버지는 돈 잘 벌게 해주는 재수있는 사람으로 낙인찍혔기 때문이다.

아버지가 어머니와 결혼하지 않고 박수로 살았다면 내노라하는 대단한 박수가 되었을 게 틀림없다. 허나 아버지는 김포에서는 알아주는 집안인 외할머니의 눈에 들어 사위가 됨으로써 박수로서의 명성은 좌절되고 이어지지 못했다. 당시 어머니는 수녀가 되겠다며 수도원으로 들어갔다가 외할머니의 성화에 잡혀 나와 아버지와 혼인을 해야 했다.

아버지는 엄마와 혼인생활을 하기 위해 박수 일은 하지 않고 남몰래 다락방에 황해도 신을 모셔놓는 것으로 마음을 달래야했다.

이후 아버지는 포목점 '황해상회'와 '불로정미소'를 차려 돈을 많이 벌었다. 흔히 하는 말에 이북남자와 이남 여자가 결혼하면 잘산다는 말이 있는데 아버지와 어머니는 그 말을 딱 증명하고 사는 모델케이스가 되었다.

부모님은 7남매(6녀1남)를 뒀다. 나는 그중 세 번째며 쌍둥이로 동생보다 몇 분 먼저 태어나 언니가 되었고, 동생은 좀 뒤늦게 나오는 바람에 넷째가 되면서 나를 언니라 부르는 운명이 되었으니 그 몇 분은 인생을 달리하는 철두철미한 시간이기도 하다. 그렇게 해서 나는 선도 보지 않고 데려간다는 셋째 딸이 되었다.

아버지는 우리 쌍둥이가 어머니 뱃속에 있을 때 신의 발동이 다시금 아주 심하게 와 무병을 몹시 앓았다.

어머니는 유난히 입덧이 심했다. 위로 두 딸을 뱄을 땐 입덧을 별로 하지 않았다가 우리를 갖고 입덧이 심해지자 '뭐가 나오려고 이리도 심할까'하는 말을 했었다고 한다. 배가 유난히 부른 어머니가 밥을 먹지 못해 쩔쩔 맸으니 그런 어머니를 위해 아버지가 무엇인들 못했을까. 먹고 싶다는 말만 떨어지면 아버지가 즉시 대령했는데 그때마다 죄다 입에 맞지 않아 도로 토해 냈다. 나는 뱃속에서부터 부모님을 어지간히 힘들게 했다. 그러다가 양초 타는 냄새가 구수하다고 하니 아버지가 먹어보라며 잘라 줬는데 그 양초 맛이 확 당기더란다. 그리고 또 한 가지 당기는 것은 개펄의 흙이어서 어머니는 양초를 씹어 먹고 개흙을 삶아 먹었다. 후에 내가 어머니가 그렇게도 싫어하는 무당이 되었을 때 어머니에게 이렇게 대든 적이 있다.

"나 배가지고 양초를 그렇게 많이 드셨으니 내가 평생 양초 켜는 일 하는 거라구요.."

어머니는 그 말에 대꾸는 하지 않고 눈을 흘기면서 혀를 찼다.

세상에서 장애자가 되다.

신을 받는다는 것은 인생의 장애자가 되는 것이다.

보통 사람들처럼 보편타당한 일만 하면서 살 수 없기 때문이다. 그런 연유로 주변에서 몰이해는 물론 이상한 사람 취급을 하는가하면 고지식한 타 종교인들은 귀신 들린 사람이라 여겨 아예 가까이하려 하지 않는 일도 허다하다.

요즘은 상황이 많이 좋아졌지만 교회에 다니는 사람들 중에는 우리와 같은 무속인 들과 함께 자리한 것만으로도 큰 죄를 지은 것처럼 생각하는 이들도 있다.

내 두 번째 남편도 무속에 대해 편견을 갖고 있는 사람이었다. 그런 처지에 자기 아내가 무당이 된다는 것은 꿈에서도 생각할 수 없었으니 나와는 그쯤에서 세상의 연이 다해가고 있었다.

결국 나는 상훈이를 데리고 김포 친정으로 왔다.

삼십대의 젊은 나이에 두 번 이혼을 하는 기록을 세우고 친정에 온 것인데, 엄밀히 말하면 신이 내려 이혼을 당하고 친정으로 쫓겨 온 것이었다.

김포로 내려와선 잠만 잤다. 밥은 거의 먹지 않고 가끔 물만 마시고는 계속 잤다.

무업을 하는 것에 대해 어머니는 내놓고 말리셨지만 아버지는 아무 말씀을 하지 않으셨다. 그런 부모님에게 신굿 받게 해달라는 시위를 하느라 잠만 자는 게 아니라 그렇게 잠이 쏟아졌다.

그즈음 아버지는 편찮으셔서 몸져 누워계셨다. 따라서 아버지가 모시던 황해도 신령님도 다락방에서 괄시를 받고 계신 중이었다.

거의 다 타들어가는 양초 같은 처지의 아버지, 그러나 몸 안에는 여전히 신령님을 모시고 있는 아버지가 신을 받아 남편으로부터 쫓겨 난 딸

무당의 기본 무구들

을 보는 느낌은 어떠셨을까?

그때는 내 입장이 다급해 생각해보지 않았으나 요즘 그 생각을 하면 맘이 저려온다.

"얘는 무당이 뭐가 좋아서…쯧쯧."

보다 못한 어머니는 잘못하면 끼니도 못 때울 무당을 하겠다고 하냐며 극구 말리시고 달래기도 하셨다. 그러나 나는 계속 잠만 잤다.

어느 날 어머니의 성화에 아버지께서 말하셨다.

"팔자에 있으면 해먹는 거고 팔자에 없으면 못해먹는 거지."

아버지의 그 말씀을 신굿을 받아도 된다는 허락으로 받아들였다. 나는 그 길로 아버지에게 내림굿을 내려 줬던 하성 박수 할아버지를 찾아갔다.

"니가 누구라구?"

"북변동 손성배씨 셋째 딸입니다."

"니가 성배 딸이냐? …그럼 내가 받아주마."

하성 할아버지가 허락을 해주셔서 신굿 할 날을 잡았다고 말을 하자 아버지는 잠잠히 계셨지만 어머니는 불같이 화를 냈다.

"뭘 못해 김포 바닥에서 그 짓 할라고 하냐? 정 하겠으면 다른 곳에 가서 쥐도 새도 모르게 해라. 내 눈에 흙 들어오기 전에는 안 된다."

김포 성당에서 레지오 단장을 하고 있는 신심 깊은 가톨릭 신자인 어머니께서 죽기 살기로 말리는 바람에 나는 날을 잡고는 김포를 떠나야 했다. 내가 김포에서 신굿을 받으면 울 어머니가 죽게 생겼으니 고향을 등질 수밖에 다른 방법은 없었다.

결국 서울로 다시 돌아가 친구들의 도움을 받아야했다. 그 친구들은 이미 내가 여러 번 병든 사람을 고치고 도저히 풀기 힘든 일을 해결하는 걸 봤기 때문에 무당이 돼야한다는 것을 철썩 같이 믿는 신봉자들이었다.

방울소리가 들리면 찾아가곤 했던 삼각산에 가기로 했다. 그곳에 가 처음 만나는 만신에게 무조건 신굿을 받자는 결심을 하고 산으로 가 정말 처음 만난 무당에게 신어머니가 되어 달라는 청을 드렸다.

내가 여기에서 부연하고 싶은 것은 무당이 되기 위해 굿을 하는 것을 흔히 내림굿이라 하나 엄밀히 따지면 내림굿이라기보다는 신굿이라 부르는 게 옳다. 신은 내린 것이 아니라 신령으로부터 받은 것이니까.

무당 춤과 비보이 춤

춤도 내력이 있는 것일까 하고 가끔 생각해보게 된다.

아버지의 춤은 나비가 날듯이 잘 추신다고 많은 사람들이 증언해줬다.

도당굿이 열려 한번 춤을 추기 시작하면 아버지는 끝낼 줄 모르고 계속 추시는 통에 어떤 사람은 아버지 때문에 도당굿을 하지 말아야한다는 말을 했다고 한다.

동네의 안녕을 위해 동네 사람들이 돈 추렴해 여는 도당굿은 온 동네 사람들이 모여 한바탕 질펀하게 노는데 춤을 추고 싶은 사람은 굿할 때 입는 옷을 차례로 입고 그야말로 한바탕 신명을 낸다.

거꾸로 도는 춤은 상훈의 특기

그러나 한 사람이 너무 오래 춤을 추면 굿이 오래 가기에 추고자 하는 사람이 다 추지 못하고 굿판이 끝나게 될 수도 있다. 그래서 춤추는 사람은 뒷사람을 생각해 어느 정도에서 적당히 끝내야한다.

헌데 아버지는 일단 신명이 오르면 금방 끝내지 못해 순번을 기다리는 사람을 애타게 할 뿐만 아니라 원성을 사기도 했으니 그런 말이 나왔음직도 하다.

떠올려보면 아버지의 춤은 날렵하면서도 유연해 어떤 경지에 올랐다는 생각이 든다.

지금도 아버지의 춤을 말할 때는 다음과 같은 이야기로 그 춤의 대단함을 말해주는 사람이 있다.

아버지가 재수굿 하면서 춤출 때 사발에 물 가득 담아 도당 산에 뛰어가도 물 한 방울 떨어지지 않고 사뿐하게 갔다 왔다는 이야기가 그것이다.

내 춤도 본 사람들은 참 예쁘게 사뿐사뿐 잘 춘다는 말을 한다.

무당이 되기 전까지 춤을 배운 적이 없으니 내가 괜찮게 춘다면 그건 아버지의 영향일지도 모른다.

삼각산에서 내가 신굿 할 때 춘 춤의 백미는 용사슬 타는 춤이었다. 이혼은 했지만 내가 신굿을 한다는 소문을 듣고 상훈 아빠가 산에 왔다. 그는 후에 내게 용사슬 춤을 추는 모습을 보면서 무당이 될 수밖에 없는 사람이라는 생각이 들어서 나를 잘 놔줬다는 결론을 내면서 아쉬움을 털었다고 말해줬다.

상훈이는 중학교 때부터 춤을 췄다.

처음에는 공부는 뒷전이고 춤만 춘다는 사실을 알지 못했다.

　내가 무당으로 이름이 나고 굿이 쉴 틈 없이 들어오는 바람에 상훈이를 쌍둥이 여동생에게 맡겼었다.

　하루는 동생이 내게 심각히 말했다.

　"언니, 상훈이가 빈번하게 집을 자주 나가. 한번 나가면 며칠씩 들어오지 않으니 큰 일이야."

　내가 생각해도 큰일은 큰일이었다. 허나 어쩌랴. 신심 깊은 가톨릭 신자인 어머니가 나를 그렇게 감시하면서 애지중지 길렀어도 내 배짱대로 살지 않았던가.

　에미가 아이를 세상 밖으로 내보낼 때 탯줄 자르고 보내듯이 아이는 엄마 뱃속에서 나오면서 이미 부모와 결별하는 것인지도 모른다. 자기가 하겠다는 데는 말릴 장사가 없다. 하지만 나는 상훈이를 다른 엄마처럼은 돌보지 못했으니 아들이 가출을 밥 먹듯이 하는 것은 내 탓이라는 생각이 들기도 했다. 그렇지만 이제라도 가출 이유를 아는 게 중요했다.

　"너 날라 다니는 이유가 뭐야?"

내가 집나가는 일을 날라 다닌다는 말로 물으니 처음에는 잘 알아듣지 못하고 내 얼굴을 빤히 바라보았다.

"대문 위로 날라 다니니까 잠근 문 상관없이 나갈 수 있는 거 아니냐구,"

"…춤추고 싶어서…"

"춤? 무슨 춤?"

"비보이라구 있어."

나는 상훈이로부터 '비보이'라는 말을 처음 들었다. 비보이가 뭐하는 거냐고 물으면 무식하다고 할 것이고 눈치로 보아 춤, 어쩌구 하는걸 보아 춤추는 어떤 일임에 분명했다.

"꼭 하고 싶냐?"

아들이 고개를 끄떡였다.

"잘 할 수 있어?"

아들이 또 고개를 끄떡였다.

"외할머니도 엄마가 무당 되는 걸 말리지 못했는데 나라고 뾰족한 수가 있겠니? 비보이 꼭 해야겠으면 하는 거지 뭐."

상훈이 표정이 밝아졌다.

"임마, 엄마는 일등 무당이 될 테니까 너도 일등, 아니 최고의 비보이가 돼야해. 알았어?"

"그럼 엄마도 일등 보다 더한 최고 일류 무당이 되시라구요."

"알았어. 그렇게."

우리 모자의 그 말은 후에 우리의 약속이 되었다.

점괘가 다 맞는다고 생각하면 오산이다.

무당은 신령의 말씀 전하는 신의 제자일 뿐이다.

그러니까 무당은 신령님을 모시고 있으면서 신령님의 말이 필요한 사람에게 그 메시지를 전하는 전달자인데 가능하면 마음의 치료가 되는 말을 전해주는 게 좋다.

모두가 풍진 세상 살면서 일이 잘 풀리지 않아 무당을 찾는 것이니 신을 모신 제자는 그 답답함을 풀어주는 것이 제일의 본분이다.

일을 하다 보면 무당 자신이 답답해지는 경우가 있다.

인간 구제가 우선이니 치료사 역할도 해야 하는데 굿을 해도 잘 풀릴 것 같지 않은 인생사가 다반이다.

남편 바람이나 돈 버는 일은 내 경험을 들먹이면서 정신과 의사처럼 상담이라도 하련만 꼭 집어서 해답을 달랄 때는 난감하기도 하다.

왜냐하면 내 경험상 신령님도 정답만 주는 게 아니기 때문이다.

나는 내가 신굿을 해준 제자에게 이 점을 명확하게 말해준다.

"신령도 옳은 답만 주시는 게 아니다. 백 프로 다 맞으면 우리가 창호지 타고 하늘 날라 다니지 땅위를 걸어 다니겠냐?"

옳은 답만 주지 않는다는 건 신이든 전달자인 무당이든 실수를 한다는 사실이다.

또한 불길한 예감이 든다고 그 말을 다 해줄 수는 없다. 연못에 무심코 던진 돌멩이에 개구리가 맞아 죽을 수 있듯이 무당이 하는 말에 손님은 마음의 병을 얻을 수 있기 때문이다.

만신 주둥이는 여우 주둥이다. 잘 된다고 하면 잘 될 수도 있고, 안 된다고 하면 안 될 수도 있기 때문이다. 그만큼 말에는 힘이 있다. 특히 힘들고 무력해져서 무당을 찾아온 사람 경우는 우리가 하는 말이 그의 인생에 큰 영향을 미치기 때문에 정말 조심해야한다.

무당은 죄가 많아서 된다고 생각한다.

우리 같은 사람은 앙심도 품지 못한다. 그 저주가 상대에게 내리기라도 하면 큰일이기 때문이다.

그래서 무당이 되기 위해 신굿을 할 때 신어머니는 제자에게 큰 절을 받기 전에 오방기로 신을 받는 제자에게 세 차례 매질을 한다.

첫 번째 매는 하늘받이 매다. 하늘을 향해 부끄럽지 않게 잘 넘기라는 의미다.

두 번째 매는 땅받이 매다. 땅을 소중하게 여기라는 경고의 매다.

세 번째는 조상받이 매다. 조상을 잘 섬기라는 매다.

이렇게 신굿의 마지막 순서는 하늘과 땅 그리고 조상을 경외하라는 경고의 매를 신장 깃발로 종아리를 세 대 맞은 후에 신어머니에게 큰 절을 드리고 힘든 관문을 통과하는 것이다. 평범한 사람이 잘못하면 회초리로 맞지만 무당은 신어머니로부터 신장벌전의 무서움을 깨닫기 위해 신장기로 매를 맞는다.

그럼에도 무당이 어떤 특권이라도 있다는 듯 말을 함부로 하는 것은 흔히 하는 말로 선무당이 사람 잡는 격이다. 신의 위치를 알고, 전달자의 자리가 어디인지를 아는 무당은 함부로 말하지 않는다.

큰 무당은 어떤 경우든 위협을 주는 대신 해결책을 제시하고 길이 없는 듯해도 반듯이 길이 있음을 제시해주는 헤쳐 나갈 구멍을 만들어 준다. 병법의 마지막 단계는 삼십육계 줄행랑이듯이 무당은 어떤 처지에서도 살아날 구멍이 있다는 것을 알려줘야 한다. 하늘이 무너져도 솟아 날 구멍은 있으니까.

죽을 약 옆에 살 약 있고, 살 약 옆에 죽을 약 있으니 죽을 것 같아도 살고 살 것 같아도 죽을 수 있는 게 인생사다.

아버지가 있는 풍경,

그 그리움의 뜨락

너무 투철했던 반공정신

나는 김포초등학교 58회 졸업생이다.

내 나이가 지금 50대 초반이어선지 동기생 중에는 김포 사회에서 중요한 일을 하고 있는 유능한 친구들이 꽤 있다.

김애숙은 김포축산농협 과장이고 박기원은 풍무동 주민센터 동장이며, 이외에도 사회에 나가 큰일을 하는 친구들이 많다. 자녀를 잘 키워 사회 일꾼으로 내보내고 편안한 장년의 삶을 사는 친구들 소식을 듣는 날에는 불현듯 내 유년시절이 생각나는 때가 있다.

돌아가고 싶어도 돌아갈 수 없기에 더욱 그리운 것인지 유년의 추억은 때로 내 콧날을 시큰하게 한다. 그중 지금 생각해도 웃음이 나는 추억이 있다.

그 때는 북한에서 날아오는 삐라가 많았다. 학교에서는 삐라를 발견하면 주워 오라고 했다. 나는 다른 애들보다 더 많이 줍기 위해 도당산과 장릉산을 헤집고 다녔다. 그러다가 온 몸에 가시가 찔린 것은 다반사였고 신발은 뻘건 흙 범벅이 되곤 했다.

선생님은 우리에게 삐라뿐만 아니라 수상한 사람을 보면 경찰서에 신고하라는 조회시간에 당부를 하셨다. 선생님의 그 말씀이 있은 후부터는 대문은 나서면서부터 사방을 두리번거리면서 수상한 사람을 찾아 다녔다. 어째 좀 이상하다 싶으면 가까이 가서 살펴보다가 혼쭐이 나기도 했다.

그뿐이면 괜찮은데 조금이라도 수상하다 싶으면 곧장 경찰서로 달려가 신고를 해댔다.

초등학교 학예회에서 저자

김포성당 유년부 공연

"아저씨, 저기 수상한 사람이 나타났어요."

"그래, 어디냐? 그래, 알았다."

처음에는 경찰관 아저씨가 내 신고에 즉시 출동했으나 번번이 허탕을 치게 되자 나중엔 알았다고만 하고 귓등으로도 듣지 않았다. 그러면 나는 더 강도를 높여 방금 산에서 내려왔는지 신발에 뻘건 흙이 잔뜩 묻었다는 부연 설명을 했고, 내 말이 그럴듯하면 달려 나가기도 했다.

나는 삐라를 찾을 때처럼 수상한 사람을 찾아내기 위해 산에 올랐고, 여자가 아닌 남자만 보면 무작정 경찰서로 내달렸다. 나중에는 경찰관 아저씨가 내게 말했다.

"애야, 신고 그만해도 된다."

"아니에요. 우리 선생님이 수상한 사람을 보면 꼭 경찰서에 신고해야 한다고 하셨어요."

수상한 사람에 대한 내 신고가 계속 이어지자 경찰관은 내게 사정하기에 이르렀다.

"애야, 제발 그만 오너라. 산에 그렇게 다니면 뱀에 물리고 호랑이한테 잡힐 수도 있단다."

경찰관 아저씨의 겁주는 말 때문이 아니라 나도 그 짓에 어느 정도 지쳐갔으므로 간첩신고 사건은 그쯤에서 마무리가 되었다.

나는 공부를 열심히 하는 것은 아니었지만 그래도 시험을 잘 봐 하위권은 아니었다. 하지만 공부보다는 앞에 말한 것처럼 선생님이 무엇을 시키면 그건 절대 복종하고 실천하는 학생이었다. 아버지나 어머니가 무슨 일을 시켜도 싫다는 말은 해보지 않았다. 말이 떨어졌다 싶으면 대부분 당장 실행에 옮기는 통에 내게 심부름이라도 시킬라치면 잠깐씩 생각해보고 시키기도 했다.

이 버릇은 지금까지 이어져 누가 어떤 말을 하면 잘 믿을 뿐만 아니라 무슨 일이든 즉시 처리하지 않으면 잠을 자지 못할 정도다. 그 성격 때문에 내 인생 초반에는 속는 일도 많았고 사기도 많이 당했다.

굿하는 문제도 그렇다. 손님이 굿을 결정하고 가면 꼭 그 일을 할 것인지를 확인한다. 전화로 확인할 뿐만 아니라 준비금을 넣지 않으면 굿 준비를 하지 않는다. 반면 굿이 결정되고 일을 해야겠다고 맘먹으면 철저한 준비를 한다.

과일은 어느 가게 물건이 좋은지 따진 후 제일 좋은 것으로 고른다. 다른 것도 마찬가지다. 이제는 단골이 있어서 전화주문을 하는데, 가게 사람들은 꼼꼼히 살피는 내 성격을 잘 알기에 최고 좋은 것으로 가져온다. 물품 구입을 하다보면 값이 비싼 것이 좋다. 그래서 싼 게 비지떡이란 말이 나왔나보다.

수상한 꿈들

열두세 살 때 나는 꿈을 많이 꿨다.

대체적으로 개꿈이겠으나 지금도 또렷하게 생각나는 꿈은 예사로운 꿈은 아니었던 듯하다.

나는 호랑이나 학을 타고 날아다니는 꿈을 많이 꿨다.

호랑이를 타고 높은 산을 이 산 저 산 날아 뛰어다니면서 눈 아래 펼

여학교 시절에는 달리기 선수로 활약했다.

특별활동으로 고적대 단원이 된 것은
고적대 의상 때문.

수녀가 되고 싶었던 단발머리 여고시절

돌아가고 싶은 그 때 그 시절, 여고시절.

쳐진 세상을 바라보면서 마침내 높은 신이 되는 꿈을 꾸고 나면 생시하고 꿈 세계하고 구별이 잘 되지 않아 어리벙벙할 때가 많았다.

어떤 때는 잠을 자려고 하는데 호랑이가 문창호지를 박박 긁는 소리가 들려 일어나 문을 열면 밖은 깜깜한 칠흑의 세계였다. 호랑이가 문창호지 긁는 소리가 꿈속에서가 아니라 생시의 세계여서 내가 밖에 호랑이가 왔다고 하면 언니나 이모, 엄마는 내가 헛것을 본 것이라며 어서 자라고 재촉했다. 문창호지를 긁는 소리가 내게는 분명히 들리는데 왜 다른 식구들에게는 들리지 않는지 그게 답답해 견딜 수가 없었다. 버선목이라면 뒤집어서라도 보여줄 텐데 증명해 보일 방법이 없었고 헛것을 보고, 헛소리를 듣는 이상한 아이로 취급되었다.

나는 언니나 동생들처럼 집 마당이나 대문 밖에서 소꿉장난을 하지 않고 산으로 갔다. 여름에는 친구들과 김포 도당산에 가 남다른 소꿉놀이를 했다.

큰 나뭇가지를 세워 기둥을 만들어 가시나무를 이어대고 그 위에 널따란 개두릅으로 지붕을 얹고 그 안에 들어가 놀았다. 임시로 만든 여름용 놀이집 앞에는 엄마가 모아 놓은 헝겊조각을 이어서 걸어 놓았다. 나도 모르게 무당집을 만들어 놓은 것이다.

그때 내가 점을 치는 놀이를 했는지는 기억에 없으나 때때로 춤을 추었던 일은 생각이 난다. 울긋불긋한 헝겊조각들이 바람에 흔들리는 모습을 보면 저절로 신이 났고 나도 모르게 일어나 춤을 추었다.

겨울에는 장릉산(북성산)으로 갔다. 그곳에서는 큼지막한 돌로 기둥을 세우고 넓적한 돌로 구들을 만들고 낙엽들을 모아 불을 땠다. 구들이 따뜻해지면 그 위에 앉아 소꿉놀이를 했다. 지금이라면 산불난다고 연기가 나는 낌새만 있어도 혼쭐이 날 텐데 그때는 눈 부라리고 감시하는 사람이 없었다. 그리고 산신령님이 도왔는지 불이 번지는 일이 없었고 어른들에게 들켜 꾸지람 듣는 일도 없었다. 나와 친구들은 사금파리를 주워서 빻고 나무 잎으로 반찬을 만들고 신랑각시 노릇을 하면서 여느 또래의 아이들처럼 놀았으며 경우에 따라서는 대감놀이를 하기도 했다.

나는 친구들에게 복을 빌어주었던 것 같다. 공부를 잘하게 해주거나 엄마에게 잘못한 일로 야단맞지 않게 해달라는 기원을 말하면서 두 손을 비비고 절하도록 하는 의식을 했다. 그 의식은 우리들의 마음을 편안하게 해주었다. 나 역시 잘못한 일을 산신님께 빌면서 용서를 청했고 아이들은 나를 통해 용서받기를 청하는 의식을 치루면서 우리는 어느 새 자연스럽게 씻김을 해냈다. 그 산 속 제례는 우리에게 편안함을 주었으며 무언의 약속처럼 치러졌다.

후에 내가 신병을 앓고 신굿을 받아야 할 즈음 돈이 없어 받지 못하고 있다가 어릴 적 소꿉장난을 같이 하던 친구가 경비를 대 신굿을 했다. 그 친구는 내게 '너는 열세 살이던 그때부터 이미 무당 이었어'라는 말을 했다. 그렇지 않고서야 어떻게 신당을 그리 잘 지어놓을 수 있으며 우리들의 마음을 그토록 편안하게 해주는 능력이 나왔느냐면서 내가 무당이 될 수밖에 없는 운명이었다고 단호하게 말했다.

나는 정말 무당이 되고 싶지 않았다.

어릴 적 내 꿈은 수녀가 되는 것이었다.

어머니가 일찍이 수녀가 되기 위해 수녀원에 가는 일을 다 정해놓고도 외할머니에 의해 강제로 아버지에게 시집왔다는 것을 그때는 몰랐으나 아마도 내 속에 그렇게 하고 싶었던 엄마의 소망이 나도 모르게 자리 잡고 있었는지도 모른다. 그러나 우리 집 모녀에게는 수녀가 되는 숙명은 없는 모양이다. 그 대신 우리네 인생사 한 맺힌 것을 춤으로 풀어내는 일을 타고 났는지도 모른다. 엄마는 그 춤을 지켜보는 사람으로 나는 직접 춤을 추는 사람으로 말이다. 그렇다면 우리 아들 상훈이의 비보이 춤은 무엇을 의미하는 것일까?

맛있는 냄새가 담장 밖으로 흘러 나가는 집

위로 딸 여섯에 맨 끝 아들 하나인 우리 집 칠 남매는 유복하게 컸다. 부모님이 포목점(황해상회)과 정미소(불로정미소)를 하셨으니 언제나 우리들은 등 따시고 배불렀다.

우리 아홉 식구 외에도 군식구들, 일해 주는 사람들도 있어 어머니는 언제나 매 끼니 때마다 식당 여주인처럼 밥과 반찬을 많이 해야 했다.

눈치가 빠르면 절에 가서도 새우젓을 먹는다던가. 참게가 상에 나오면 얼른 아버지 옆에 앉아 게딱지를 차지했고, 생선이 나오면 생선을 좋아하지 않는 큰 언니 옆에 앉아 맘껏 그것을 먹었다. 그래서인지 어릴 때 내 별명은 고양이가 생선 좋아하는 것을 빗대서 '야옹이'다.

나는 아버지를 흉내라도 내듯 집안일을 잘 도왔다. 어렸으므로 내 몸의 몇 배되는 솜이불을 털어 개는 일은 하지 않았으나 상을 차리는 일부터 시작해 수저나 젓가락 놓는 일, 반찬 나르는 일 등등 자잘한 일을 솔선수범으로 잘했다. 어려서부터 내가 하는 일을 고스란히 흉내 내듯 따르는 쌍둥이 동생 껌이(우리가 부르는 동생의 별명) 역시 집안일을 잘 도왔다.

나는 곰국이 익는 가마솥 곁에서 국이 잘 고아지고 있는지 지키고 서 있는 것을 좋아했다. 어머니가 곰국에 무와 대파를 크게 썰어 넣는 일을 지켜보는 일이 좋았고, 벌써부터 그 국에 밥을 말아 김치를 얹어 먹을 생각을 하면 침이 꼴깍꼴깍 넘어갔다.

수녀가 되고자 했었던 우리 어머니는 기도 대신에 식구들 먹거리를 장만하는 일로 모든 시간을 바쳐야만했다. 어쩌면 신은 어머니에게 음식 장만하는 일로 운명 지어 놓으신 것은 아닐까 싶다. 어머니는 당신에게 주어진 그 기도 숙제에 순명했다. 마치 기도의 기본은 무조건 순명하는 일이라는 듯 엄마는 말없이 그 일을 해냈다. 그런 엄마 덕에 나는 성당에서 유아 세례를 받았다.

아무 선택권이 없는 아기 때 나는 '세실리아'라는 영세명을 받았다.

가톨릭 신자로서 내 이름은 손명숙 세실리아가 되었다.

어머니를 따라 김포성당에 가곤 했으나 어느 때부턴가 가지 않았다. 짐작컨대 내가 산으로 가 소꿉장난을 했을 즈음이 아닌가 하는 생각이 든다.

아버지는 어머니가 원하는 모든 일을 하려고 애쓴 자상한 남편이었으나 엄마가 가장 원했던 기톨릭 신자는 되지 않았다. 아니 되지 않은 것이 아니라 할 수가 없는 처지였다. 몸 안에 신령을 모시고 있는 사람이 어떻게 영세를 받을 수 있었을까. 엄마는 그 절대의 아버지 숙명을 이해했을 것이다. 정신적으로 박수와 수녀인 부모님의 엇갈린 운명을 어렸을 때는 한 번도 생각한 적이 없다.

부모님의 알 수 없는 원천의 슬픈 빛깔을 떠올린 것은 내가 신을 받고 이혼을 당한 그 이후다. 늘 넉넉하고 다복해 보였으나 뭔가 알 수 없는 슬픔이 깔려있던 우리 집안의 분위기는 서로 빛깔이 다른 신을 모시고 있는 부모님의 원초적인 대립의 문제였던 것이다.

신을 받은 남편과 신 받을 징후가 많은 셋째 딸을 지켜볼 수밖에 없는 가톨릭 신자인 어머니의 기도는 어떤 것이었을까.

김포성당에서 레지오 단장을 하셨던 신심 깊은 어머니는 성당에 가서서 예수님과 성모 마리아를 바라보면서 무엇을 기도하셨을까.

그 생각은 칠순을 훨씬 넘기신 어머니를 만나게 되면 불현듯 떠오르기도 하는 주제다

왜 사람들은 시간이 훨씬 지난 다음에야 뭔가를 떠올리게 되는 것일까? 그리고 아련한 슬픔 속에서 후회하기에도 너무 늦어버린 것을 생각해 내는 것일까. 그래서 사람은 신을 찾게 되는 것인지도 모른다. 삶의 그런 시행착오가 없다면 사람들은 예수님, 부처님, 마호메트, 신령님을 그리도 애타게 찾지 않을 것이다.

우리는 겨울이 더 따뜻했었다.

아버지는 깡 마르셨는데 본래 뼈가 가늘어 더욱 왜소해 보였다. 겉으로는 작아보였으나 아버지는 아주 큰 분이었고, 가족 사랑, 특히 자식

사랑은 흘러 넘쳤다.

아침에 일어나면 식구들 이부자리 개는 일은 아버지 몫이었다.

그때는 연탄으로 난방을 할 때인데 연탄을 밀어 넣었다 끌어내는 레루식이었다. 아버지는 미닫이 안으로 연탄 레루를 쑥 집어넣고 앞쪽에 남은 공간에 아이들 운동화를 집어넣어 따뜻하게 데웠다가 자식들이 학교 갈 때 하나씩 꺼내 주었으므로 늘 따뜻한 신발을 신을 수 있었다.

큰 언니 운동화를 꺼내주면 큰 언니가 '학교 다녀오겠습니다.'하고 인사했고 그 다음 작은 언니 다음은 내 차례였다. 방문에 달려있는 무쇠고리를 잡으면 손이 쩍 달라붙는 그런 추위에도 우린 아버지가 데워주는 신발로 인해 겨울이 춥지 않았고, 따뜻해진 운동화는 학교에 갈 때까지 온기가 가득해 겨울에도 어깨를 움츠리지 않았다.

혹한이 몰아치는 한 겨울에는 외출을 하지 못하게 했다. 집 밖으로 나가지 못함은 물론 방 밖으로 나가는 것도 화장실에 가는 것 이외에는 잘 나가지 못하게 했다.

아버지는 우리가 방안에서 세수를 하고 이를 닦을 수 있도록 따뜻하게 데운 물을 방안으로 가져 오셨다. 그러면 우리 자매들은 순서대로 이를 닦고 세수를 하고 아래 부분도 정갈하게 씻었다. 그리고 나면 아버지는 이부자리를 펴주었고 우리들은 두 명이 한 조가 되어 잠자리에 들었다.

"안녕히 주무세요."

우리가 합창하듯이 인사하면 그제야 아버지는 우리 방을 나가시면서 불을 꺼주시고 잘 자라는 인사를 해주셨다.

부모님이 주무시는 안방에서는 도란도란 이야기 소리가 들리곤 했다.

쌍둥이의 운명이 여학교때까지는 같았으나 이후는 사뭇 다르다.

아버지와 어머니는 아침에 일어나시기 30여분 전에 두 분이 그날 하실 일을 이야기했고, 저녁 잠자리에 들어서는 하루 일과나 아이들에 관한 이야기를 주고 받으셨다. 이러한 두 분의 대화는 특별한 날이 아니고는 언제나 치러지는 일과로 아버지나 어머니에게 같은 용도의 돈을 두 번 타낸다든가 두 분 중 한 분에게 다른 말을 하는 일은 통과되지 않았다.

두 분의 아침, 저녁으로 나누는 대화로 자식들의 일거수일투족을 환히 알 수 있었고, 자연히 우리들은 학용품 값이나 친구 누구 생일이라며 따로 돈을 타내는 일은 할 수 없었다. 두 분이 가게 일을 하고 집안일로 서로 너무 바빠서 그 시간대를 이용해 집안 대소사를 얘기하는 시간으로 습관이 되신 것이지만 두 분은 자식들의 행동거지를 환히 꿰뚫는 통과의례이기도 해서 우리들은 아버지나 어머니에게 살짝 두 번 돈을 타낸 다든가 거짓말은 할 수가 없었다.

연탄을 갈고 펌프질 하는 일은 아버지 몫이었다. 이모나 어머니가 이불 호청 등 큰 빨래를 할 때는 헹구는 일은 아버지가 해주실 때가 많았고, 고추를 마당에 널고 걷는 일도 대부분 아버지가 해주었다. 아버지는 연탄을 늘 넉넉하게 장만하셔서 전 해에 들여놓았던 연탄을 이듬해 때도록 했다. 그래야 가스 냄새가 덜 난다고 하셨고 레루식 연탄은 당신이 손수 갈았다.

마당이나 지붕에 고추를 널면 우리는 가을을 듬뿍 느꼈고, 김장을 몇백포기하고 아버지가 연탄을 광에 산처럼 쌓아 놓으시면 곧 겨울이 깊어진다는 것을 알 수 있었다. 본래 작고 마른 것은 아버지가 집안일과 자식 거두는 일을 혼자 도맡아 하셨기에 살찔 틈이 없어서 그랬다고 생각을 한 적이 있다.

고깃국은 어느 그릇에 담겨도 고깃국이다.

아버지는 가족과 이웃에게는 후한 대접을 했는데 당신 자신에게는 후하지 않았다. 우리들에게는 잘 먹이고 잘 입혔는데 정작 자신에게는 그렇게 하지 않았다.

아버지는 이북 출신 사람들이 대체적으로 그렇듯이 먹는 것에는 아끼지 않았으나 입는 데에는 먹는 것에 비해 소홀한 편이었다. 특히 아버지는 더 그러했다.

아버지 겉모습을 보아서는 결코 부유해보이지 않았다. 사람이 입는 옷은 깨끗하면 되지 좋은 옷으로 몸을 감싸는 일은 사치라고 생각하시는 듯했다. 아버지는 엄마가 만들어 주시는 옷을 입으셨으며 한번이라도 당신 자신이 비싼 옷을 사 입지 않으셨다.

우리는 그 당시 흔치 않게 옷과 가죽신을 맞춰 신었으며, 입학이나 졸업을 맞이하면 옷과 신은 물론 가방과 학용품을 넉넉히 장만해 줘 주변 친구들로부터 부러움을 샀다.

아버지는 일곱 남매를 키우면서 야단을 잘 치지 않으셨고 매를 때린 적도 없다. 나 모르게 언니나 동생, 남동생에게 매를 드신 적이 있는지는 모르겠으나 나로서는 아버지가 매를 들거나 역정을 내신 모습을 본 적이 없다.

우리끼리 싸웠을 땐 서로의 머리를 매어 묶었다. 빨리 화해하라는 뜻이었는데 우리는 꼼짝을 할 수 없어서 서둘러 화해를 했다.

아버지는 우리에게 매를 들지 않고 눈물이 쏘옥 빼 나오게 야단을 치신 일이 있다. 그건 딸들이 롯데 백화점에서 겨울 외투를 사왔을 때였다.

우리 집 딸 여섯은 아버지가 적어도 김포에서는 최고의 옷을 입혔으므로 아쉬운 것이 없었고 눈은 한껏 높아져 있었다. 우리들이 늦어져 서로의 머리가 매지는 벌을 받게 되는 일도 서울에 가서 백화점 구경을 하고 오는 일 때문이었다.

그때는 우리끼리 작정을 하고 서울 롯데 백화점에 가서 비싼 외투를 사왔다. 여자 형제들끼리 미리 한통속이 되어 비싼 외투를 사가지고 온 것을 아신 아버지가 우리들을 불러 앉혔다. 그리고는 당신이 이북에서 넘어오신 직후 남의 집살이 하시던 시절의 이야기를 해주셨다.

그 때 아버지는 늘 허기져 먹는 게 그리운 때였는데, 어느 날 당신 밥상에는 고깃국이 없는데 주인 집 개밥 그릇에는 고깃국이 듬뿍 들어 있더란다. 아버지는 개밥 그릇에 있는 고깃국을 당신이 잡수셨다는 말씀을 하시고는

"고깃국은 어느 그릇에 담겨도 고깃국이란다. 팔팔 끓여 먹으면 다 똑같은 영양이 있는 고깃국 아니냐. 백화점이 자리 값 하느라고 똑같은 옷이라도 비싼 값을 정하는데 거기 가서 옷을 사는 건 옳지 않다."

아버지는 똑같은 옷을 김포에서 사면 얼마나 싼 지에 대해 말씀하시기 위해 개밥의 고깃국 이야기를 하셨는데, 우리 자매들은 그 이야기를 듣고 모두가 울었다.

우리들은 그 다음부터는 비싼 옷이 꼭 좋은 옷이 아니며 백화점은 하늘 높은 줄 모르고 값이 비싸다는 생각을 갖게 되었다. 그렇다고 우리들이 백화점에 가지 않은 것은 아니다. 눈요기로는 그 이상의 장소가 없었고, 그때 우리 집 딸들은 백화점에 가끔씩 가는 것으로 어깨가 슬쩍 올라가는 기분을 만끽해야 직성이 풀렸던 것이다.

그럼에도 아버지의 그 말씀이 나에게는 약발이 컸다. 그 후 특별한 경우가 아니고는 백화점에 가 물건을 사지 않는 사람이 되었다. 내가 사는 곳에 내가 필요한 물건이 눈 씻고 봐도 없을 경우에만 백화점에 가서 사는 알뜰한 쇼핑 습관은 아버지가 물려주신 정신적 문화유산이 아닐 수 없다.

아버지의 신령님

아버지가 돌아가신 후에 아버지를 더 존경하게 되었다. 새록새록 살아생전에 하셨던 행동과 말씀이 생각나면서 참 예사로운 분이 아니셨다는 생각이 드는 것이다.

아버지가 병원에 입원하셨을 때다. 아버지는 당신 곁을 지키는 자식들에게 꼭 고마움을 표시했다. 하룻밤 병상을 지킨 사람에게는 십만 원을 주셨다. 꼭 대가가 있어서는 아니지만 아버지 병상에는 늘 자식들이 있었고 찾아오는 사람들이 많았다.

누구라도 자기 부모님이 각별하겠지만 우리 부모님 역시 우리들에게는 아주 특별하게 대단하신 분들이다.

부모님은 당시로는 흔치않게 딸과 아들을 구별하지 않으셨다. 위로 줄줄이 딸 여섯을 낳은 후에 막내로 외아들을 두었으니 그 아들이 엄청 귀한 자식 일 텐데 두 분은 우리 칠 남매를 기르면서 그 어떤 차별도 하지 않으셨다. 우리 딸들 기억으로는 우리들을 더 예뻐하셨다는 기억을 가지고 있다. 우리들에게는 비싼 옷과 학용품을 사 주시면서도 막내 진우에게는 누구라도 갖고 다니는 평범한 것들을 사주셨다.

너무 귀하게 키우면 신령님이 노하실까봐 그러셨을까?

그런 아버지의 지혜로움 때문일까. 딸 많은 집에 귀한 아들이 잘 되지 않는다는 속설이 우리 집에서는 통하지 않았다. 막내는 딸 여섯보다도 세상 판단의 기준인 돈 문제나 가정 문제도 우리보다 훨씬 더 무탈하게 잘 살고 있다. 막내는 김포에서 어디라고 하면 금방 알 수 있는 큰 사업장을 갖고 있음은 물론 사람들에게도 인심을 얻고 있어 우리 자매들에

부모님의 젊은 시절

게 긍지가 되어 주고 있으니, 아버지의 아들에 대한 겸손한 배려는 선견
지명이 있으셨던 것 같다.

아버지는 신령님께 당신 주변에 관해서는 잘 되게 해달라는 소위 기복
적인 것은 빌지 않으셨다. 일테면 장사가 잘 되게 해달라든가 하는 것은
절대로 빌지 않았다는 게 주변 친척이나 친구 분들의 증언이다.

그러나 신령님께 당신의 하루하루 일과는 시시콜콜 보고 드렸다.

"오늘 동대문에 가서 좋은 비단 몇 필 사왔습니다. 아주 잘 짜진 고급
비단이랍니다."

"오늘은 비단은 팔지 못했고, 광목은 많이 팔았지요."

"오늘은 정미소에 일이 많아 찾아뵙지 못해서 이렇게 늦게 문안인사

드립니다."

"오늘은 여식 애들이 백화점에서 옷을 비싸게 사와 혼을 냈답니다. 잘한 거지요?"

"저기 하성에 사는 윤씨네 있지 않습니까? 그 집 혼사가 있어서 거기에 다녀왔습니다."

"오늘 도당굿이 있어서 모처럼 신명나게 놀았습니다. 괜찮지요?"

아버지는 당신에게 일어났던 하루 일과를 부모님께 말씀드리듯이 신령님께 고하셨다.

부모님을 모시고 오기 위해 난리통에도 북에 네 번이나 다녀오면서 결국 부모를 모셔온 효자다. 그러면서도 신이 내린 영혼의 외로움을 달래기 위해 아버지의 속내를 다 털어놓을 수 있는 가장 친한 벗이 신령님이었다.

아버지는 왜 그리도 서두르셨을까?

우리 칠 남매는 부모님 특히 아버지를 잘 따랐다. 그중에서 나는 유별나게 아버지를 좋아했다. 학교에서 돌아와 아버지 모습이 보이지 않으면 아버지를 찾아 나섰다. 아버지에게 '학교에 다녀왔습니다.'라는 인사를 해야 하는데 계시지 않으니, 황해상회로, 정미소로 다니면서 아버지를 찾아 두리번거렸다. 학교에서 돌아왔을 때뿐만이 아니었다. 일단 집에 오거나 집 밖으로 나갈 때면 인사를 하기 위해 아버지를 찾는 게 큰

아버지가 가꾸신 마당의 꽃밭.

과제였다.

아버지는 당신을 따르는 딸들이 부담스러운 것은 아니실 텐데 딸들이 스무 살 전후가 되기만 하면 시집보내기 작전이라도 세우신 것처럼 결혼을 시켰다. 그리고 우리 집 딸들은 내놓기만 하면 기다렸다는 듯이 잘 팔렸다는 표현대로 정말 그 즉시로 잘 팔려나갔다. 부모님 인품 좋은 것은 동네뿐만 아니라 멀리 다른 동네까지 소문이 나서 손성배 딸이라면 선볼 필요도 없다는 말을 하는 사람들이 꽤 됐었다고 했다.

나는 정말 선 보지 않고 데려간다는 셋째 딸이고, 밥술을 먹는 방앗간 집 셋째라는 꼬리표가 붙었으니 내놓기만 하면 팔리는 것은 시간문제였다.

그래서였을까. 나는 내놓기도 전에 팔리고 말았다.

나를 중매한 사람은 우리 집 정미소에서 쌀을 정미해가는 쌀장사였다.

우리 쌍둥이는 성당에서 공연을 많이 했다.

그는 서둘러도 너무 서둘러서 내가 여학교를 졸업하기도 전에 중매를
했다. 상대 집안은 우리 집보다 더 부유한 부잣집으로 김포 공항 내에
큰 사업장을 갖고 있었다.

여학교를 졸업하기도 전인 고3때, 꽃다운 열아홉 살 12월 23일에 서둘
러 약혼식을 했다.

아버지가 하시는 일에 싫다 좋다를 해보지 않았으므로 내 인생이 걸
린 결혼문제에도 내 의사가 반영되지 않았다. 상대방은 4대 독자로 군대
를 다녀와 복학해 대학 2학년 재학 중이었다. 아마도 그 역시 부모님 뜻
을 잘 따르는 아들이었던 듯했다. 그렇지 않고서야 학교를 졸업하기도
전에 결혼식을 치르게 되었으니 말이다. 그는 대학교 재학생이고 나는
고등학교 재학생이니 남들은 사고를 친 게 아닌가하는 지레짐작 상상을
했을지도 모를 터였다.

12월23일 열아홉에 약혼식.

이듬해 1월 15일 여학교 졸업.

그 해 4월 8일 스무 살에 결혼식을 했다.

아무튼 초스피드로 결혼이 이뤄졌는데, '너무 서둘러 동티가 났던가?' 아니면 '운명의 단추가 잘못 끼워졌던가?' 내 운명의 실타래는 결혼식 날부터 엉키고 있었다.

시어머니가 되실 분이 신부, 즉 며느리의 이름을 바꿔 버린 것이다. 내 본명은 '손명숙'인데 신랑 어머니는 내 시어머니가 되기도 전에 강력한 힘을 발휘해 내 이름을 바꿔 버린 것이다.

이유는 손명숙이란 내 이름이 자기 아들과의 결혼생활에 나쁘다해서 작명가가 시키는 대로 이름을 손민경으로 바꿨던 것이다. 그렇게 해서 결혼식장에 쓰여진 내 이름은 손민경으로 되어 있다.

그 이름으로 시집에 와 살면 아이를 빨리 낳는다고 했다면 시어머니의 선택은 탁월한 것이었다. 나는 딸을 낳고, 또 얼마 지나지 않아 떡두꺼비 같은 아들을 시부모님에게 안겨주었기 때문이다.

그러나 내게는 시련의 시작, 불행의 예고편이었다.

예전 드라마 '아씨'도 보았고, 눈물 없이는 볼 수 없는 신파 영화를 보았어도 내 결혼생활만큼 다사다난한 드라마나 영화는 없다. 하기야 실제 상황이 드라마보다는 훨씬 진한 법이니까. 실제 일어나는 이야기를 거르지 않고 그대로 쓴다면 작가는 너무 복잡한 이야기를 씀으로써 작가의 명성을 잃을 것이다.

내 이야기가 바로 그런 것이다.

애동이 무당

선인과 악인

동전에 양면이 있듯이 사람에게도 서로 다른 두 모습이 있다.

애초부터 저 사람은 착한 사람 저 이는 나쁜 사람이라 정해져 있는 것이 아니고 상대적이라는 의미이다. 상대방에게 내가 어느 쪽 면을 보이고 있느냐에 따라 선인도 되고 악인도 되다는 것을 짐작하게 된 것은 첫 번째 결혼이 깨지고 난 후부터다.

시집식구나 아이 아빠, 나를 괴롭혔던 여자들을 미워하지 않기로 작정했다.

그들이 나를 싫어했을 때 그들 입장에서 보면 내가 나쁜 사람이 된다. 내가 싫으니까 상대적으로 그들은 내가 나쁘고 싫은 것은 당연지사다. 무작정 좋은 아버지가 나에게는 선인이지만 아버지를 좋아하지 않는 사람이라면 아버지가 악인이 되는 것과 같은 이치다.

나는 이후에도 만사가 상대적임을 차차 깨달으면서 내가 좋은 사람이 되는 것이 우선임을 알게 되었다.

어쨌든 절이 싫으면 중이 떠나가는 법. 나는 절이 싫은 중 신세가 되어 그 집과의 인연을 끊으면서 아이들을 두고 나올 수밖에 없었다. 아이들은 절대 줄 수 없다고 하고, 도저히 그곳에서는 더 이상 살 수 없으니 떠나가는 사람이 포기할 수밖에…

아마도 그 일은 내가 어린 나이에 아이를 낳아서 그럴 수 있었던 것 같다. 지금이라면 아이를 포기하지 않기 위해 죽을 만큼 싫은 것도 감수했을 것이라는 생각이 든다.

모든 것을 잊기 위해 바쁘게 시간을 보낼 일거리를 찾아야했다.

이북 사람들이 이남 사람보다 생활력이 강하다는 말이 정말이라면 우리 식구들은 평안도 출신 아버지의 피를 받아 생활력이 강하다. 우리 가족은 먹고 사는 형편과 상관없이 대체적으로 놀고먹는 사람이 없다. 위로 언니들도 사는 형편이 괜찮은데도 다 자기 일을 한다.

첫 번째 결혼이 무참히 깨진 후 바로 위 언니가 장사하는 남대문으로 진출했다. 곧바로 언니와 주변 사람들의 도움으로 시계장사를 시작할 수 있었다.

남대문에서 시계장사 하면서 겪은 시시콜콜한 사연들이 참으로 많다. 밀수 시계를 취급하면서 첩보 스릴러 같았던 돈 버는 일의 쾌감, 돈에는 눈이 있어 나갈 때와 들어올 때가 있는 이치 등등 다 풀어놓기에는 너무 많아 나중 다시 말할 기회가 있으리라.

대체로 세계 각국 나라 돈에는 사람 얼굴이 그려져 있다. 얼굴이 있으니 눈, 코, 입을 비롯해 귀도 있고 머리도 있다. 그러니 돈은 듣기도 하고, 냄새도 맡고, 옳고 그른 것을 알고 있기에 머물 것인지 나갈 것인지를 판단할 능력이 있는 것이다. 부정하다면 머지않아 나갈 것이요, 애써 번 돈이라면 지갑에 잘 들어붙어 있을 것이다.

세상 일이 다 그러하지만 돈 역시 사람이 하고 싶은 대로 할 수 없는 어떤 순리가 있다.

남대문에서 장사를 할 때는 손님이 많았고 즐겁게 그 일을 했다. 두 아들을 잘 거두고 상훈이를 낳아 세 아이의 엄마로 학교일에도 열심히 참여하여 학부모 대표를 맡기도 했다.

그러나 그와 살면서 업보 잘 챙기는 임무만 주시지 신은 어이하여 내 몸 속으로 들어오시기까지 하셨을까.

신은 들어오실 때 그냥 살살 들어오시지 않는다. 그냥 곧바로 신을 받으면 어떨지 모르나 신이 오셨는지 모르고 그냥 살다가는 혼쭐이 나고 만다. 신병은 당연지사고 그래도 받아들이지 않으면 가지고 있던 모든 것을 작살을 내시는 것이다. 신 역시 당신을 귀히 여기고 좋아하면 선인이 되지만 받아들이지 않고 적대시하면 악인으로 심술까지 부리는 참으로 겁나는 분이다.

신령님, 오셨으니 도와주시고 살펴주세요

앞서 얘기한대로 신을 받으면서 다시 결혼생활을 계속할 수 없게 되었고, 나를 예전부터 잘 알고 있는 친구의 도움으로 신굿을 해 무당이 되었다. 신굿을 받아 신령님을 모셨으나 신당을 차릴 형편은 되지 못했다.

두 번째 헤어질 땐 물건 하나 들고 오지 않았으니 필요한 살림도구를 몽땅 장만해야만 했다. 그래도 첫 번째는 봉고 타이탄 두 대에 짐을 싣고 친정 행을 했는데 두 번째는완전 빈털털이었다.

당시 나는 중계동에 살았는데, 중계동에는 배 밭이 많았다. 배 밭 꼭대기에 오르면 살다 버리고 간 빈 판잣집들이 있었다. 반듯한 집을 마련할 때까지 버려진 판잣집을 고쳐 쓰기로 했다. 그래도 아는 사람들이 있는 동네가 좋을 것 같아서 우선 그 중 터가 좀 넓은 곳을 골라 나름의 재건축에 나섰다. 예전 초등학생 시절 장릉산에 올라 기둥 만들고 개두릅으로 지붕 잇던 솜씨를 발휘하니 신당 만드는 일은 일도 아니었다.

애동이 무당 시절

중계동 법당

64 무당 엄마와 비보이 아들

가구는 재활용을 하기로 맘먹고 언니가 쓰던 낡은 6단 서랍장을 가져다 올려놓으니 그럴듯했다. 그 서랍장이 당시 내 재산 목록 1호가 되었고 그래도 지붕이 있는 방에 누우니 새 집이라도 장만한 듯 기분이 좋아 상훈에게 말했다.

"상훈아, 호텔이다. 그치?"

초등학교 1학년 상훈이는 내 말에 고개를 끄덕였다.

사람들은 태어 난지 얼마 되지 않은 무당을 좋아한다. 갓 태어나 따끈따끈한 무당은 신이 잘 내려 정확한 신령님의 말을 해 효험이 좋다고 생각하는 모양이다. 그 믿음이 얼마만큼 신빙성이 있는지는 모르겠고, 어쩜 신령님만이 아시는 그야말로 신의 경지일 것이다.

내게 사람들이 찾아왔다.

손님을 보면 나도 모르게 불현듯 말이 튀어나왔다.

신령님의 말인지는 모르겠으나 그 말에 손님은 고개를 끄덕였고 자신이 찾아온 이유를 말하면 난 그 해답을 주었다.

점을 본지 얼마 되지 않았을 때인데 우리 집에서 두서너 집 뒤쪽에 있는 할머니가 오셨다. 할머니는 정신이 반쯤 나간 듯 초췌해져서 손녀가 집을 나갔는데 꼭 돌아오게 해달라고 사정사정했다. 그런 할머니를 보니 꼭 돌아오게 해드리고 싶은데 어떻게 해야 할 지 난감했다. 나는 신령님께 빌고 또 빌었다.

"신령님, 도와주세요, 살펴주세요. 신령님 힘으로 손녀의 잘못된 마음을 돌리셔서 돌아오도록 도와주세요."

밤을 세고 이튿 날에도 밥 먹는 걸 잊은 채 빌고 또 빌었다.

"…도와주세요, 살펴주세요. 도와주세요."

여러번의 수술 후 홀로 서게 된 상훈

밑도 끝도 없이 그야말로 내 손이 발이 되도록 빌었다.

이틀 후에 할머니가 오셨다. 얼굴이 환해진걸 보니 돌아왔느냐고 물을 필요도 없었다.

"보살님, 고맙습니다. 고맙고 또 고맙습니다…"

어찌나 허리를 굽히시면서 고맙다는 말을 하는지 내가 그만하시라면서 할머니의 그 간절함에 신령님이 감복하셔서 손녀가 돌아온 것이라는 말을 해드렸다.

할머니가 슬쩍 내 손에 쥐어 준 오천 원을 결코 잊을 수 없다. 내게 그 오천 원은 그 순간 세상을 다 얻은 것 같은 황홀한 기쁨을 주었다.

그 일 이후 나는 내가 할머니께 해드린 말이 정말 정답이라는 생각을 한다.

바리공주 사설은 한 시간이 더 걸린다.

 무엇으로도 더할 수 없는 정성 그것이 효험을 주는 비책이었다. 무당은 상대가 원하는 일이 이뤄지도록 신령님께 간구하고 또 간구해 그 정성스러움이 하늘에 닿아야한다.

 사람과 신령님의 중간에 있는 전달자의 지극한 정성과 치성. 그것만이 신의 마음을 움직이고 불가능해 보이는 것을 가능케 하면서, 소위 기적이라는 것이 만들어지기도 하는 것이다.

최초로 쓴 부적

나는 한가할 때면 배 밭에 나가 거닐었다. 그날도 배 밭에 나가니 안집 아줌마가 배 밭 주인 할머니께서 손주가 많이 아파 날마다 울고 계신다는 말을 했다. 그 순간 아이를 위해 부적을 써주면 나을 것이라는 생각이 스쳤다. 얼마 전 꿈에 신령님이 나에게 부적의 힘을 주시겠다는 현몽을 했던 터라 나도 모르게 부적을 쓰면 나으리라는 말을 하고 말았다.

그렇게 말은 했으나 덜컥 겁이 났다. 나는 부적을 쓸 줄 모르기 때문이었다.

부적 쓰는 것을 배운 적도 없을 뿐더러 실은 어떻게 쓰는 방법조차 모르니 말을 해놓고도 큰 일 났다 싶었다. 허나 이미 물은 엎질러진 뒤가 아닌가.

나는 결명주사, 종이, 붓을 준비하고 앉아 있으면서 신령님이 명령 할 때를 기다렸다.

"신령님, 어떻게 해요. 빨리 알려주세요."

산을 그리라는 소리가 들리는듯했다.

얼른 산을 그렸다.

다음은 집을 그리라는 계시가 왔다.

집을 그렸다. 그리고는 계속해 시냇물을 그리고, 나무도 그렸다.

다 그려 놓고 보니 산수화였다.

내가 보아도 부적 특유의 모습은 아니나 시키는 대로 그렸으니, 나로서는 어쩔 수 없었다. 나는 그 산수화를 세 개 그려 접어서 하나는 병실에, 또 하나는 병자 베갯잇에, 나머지는 태워 먹이라는 비책을 내렸다.

처음 쓴 부적이 산수화였으나 나로서는 최선을 다해서 쓴 것이었으니 다음은 결과를 기다리고 있어야 했다. 그리고는 신령님 앞에 앉아 빌고 빌면서 아이를 자리에서 일어나게 해달라는 정성을 드렸다.

삼일이 지나도 아무 연락이 없자 조금 초조해졌으나 그저 빌고 빌었다.

"도와주세요. 살펴주세요. 도와주세요."

"고맙고 고맙습니다. 병든 사람을 고쳐주시는 신령님, 고맙고 고맙습니다."

"도와주세요. 살펴주세요. 도와주세요."

삼일 째가 지고 어둑해질 무렵 안집 아줌마가 달려왔다.

"도사님, 도사님!"

"웬 도사?"

"애가 일어났어요. 일어났다구요."

아줌마는 기뻐 어쩔 줄 모르면서 나를 도사님이라고 연거푸 불렀다. 그리고 연달아 할머니가 오셨다. 두 손으로 한 바구니의 배를 들고서.

"아이고 병원에서도 고치지 못하는 것을 우리 보살님, 아니 도사님이 고치시다니…"

할머니는 더 이상 말을 잇지 못하시고 배가 담긴 소쿠리를 내밀었다.

나는 너무 행복해져서 말조차 할 수 없어, 그저 고맙다는 말을 입속으로 웅얼댔다.

그 아이가 나을 때가 돼서 나았는지, 정말 신통방통하게도 꿈에 예시하신 대로 부적의 효험이었는지는 따질 필요가 없다.

그저 내가 최초로 쓴 산수화 부적이 어떤 힘이 있었다는 생각을 나는 지금도 하고 있으니까.

이 일을 하다보면 인간의 힘이 아닌 어떤 힘이 작용하고 있다는 것을 체험하게 된다. 그건 눈에 보이지 않는 영적인 어떤 힘이다.

신을 믿는다는 것은 보이는 현상보다 눈에 보이지는 않으나 분명히 우주 삼라만상에 떠돌고 있는 절대의 힘을 믿고 의지하는 것이다.

큰 나무, 커다란 바위에게 절하며 기원하는 것 역시 사람보다 분명히 거대한 큰 힘에게 의지하면서 그 힘을 빌리는 어떤 것이다. 예전 서낭당에 복을 비는 우리 어머니들의 종교가 바로 그것인지도 모른다.

어쨌거나 내가 쓴 최초의 부적 값은 배 한 소쿠리.

나는 지금도 배 한 소쿠리가 그 부적에 가장 합당한 값이었고, 참으로 행복에 겨워했음을 고백한다.

이화梨花: 배꽃 이름을 주시다.

중계동 배 밭 언덕 꼭대기 판잣집에는 제대로 된 간판이 없었고 전화도 없어 안집 전화를 이용해야 했다.

안집 아줌마에게 전화 이용료를 드리면서 큰 무당을 찾으면 바꿔 달라는 당부를 했다. 손님들에게도 전화 할 일이 있으면 큰 무당을 찾으면 내가 전화를 받을 수 있다는 말을 일렀다.

그래서 나는 처음부터 큰 무당으로 불렸다.

나를 찾는 손님들이 많아 안집 걸려오는 전화는 나한테 온 게 더 많았는데, 안집 아줌마는 싫은 내색 한번 하지 않고 꼬박꼬박 전화를 잘 바꿔 주었다. 내가 초창기에 정말 족집게 무당으로 잘 맞추고, 집 나간 손녀도 돌아오게 하고, 많이 아픈 아이를 고쳐줬으므로 아줌마는 나를 정말 신처럼 떠받들어 주었다.

굿을 하고 나면 음식을 이웃에 다 나눠주어서, 그들은 내가 이곳에 온 이후 떡과 과일은 사먹을 필요가 없다는 말로 고맙다는 말을 대신했다.

그곳에서 삼년이 지난 어느 날이었다.

꿈에 내가 배 밭 속에 앉아있는데 내가 배꽃을 타고 세 번 올라갔다 떨어졌다. 그리고 이런 신령님의 소리가 들렸다.

"앞으로 네 이름을 이화라고 불러라."

잠에서 깨어 꿈속에서 앉아있던 곳으로 가보니 꿈에 본 장소와 똑같았다. 그 자리에 '이화당'이라는 간판 달았다. 그리고 내 이름을 '손이화'로 바꿨다. 바꾸고 나니 그렇게 좋을 수가 없었다. 비로소 내가 무당이 되었다는 실감을 했다.

신굿을 받고 신당을 차리고 손님들에게 큰 무당을 찾으라는 말은 했으나 내가 무당이라는 실감을 하지는 못했다. 그런데 이렇듯 번듯하게 간판을 달고 이화라는 이름을 정하니 새삼 마음가짐도 새롭게 달라지는 듯했다. 그전까지는 말이 큰 무당이지 사는 모양새가 크기는커녕 보잘 것 없었다.

신을 받았던 때의 일이다. 영검을 얻기 위해 남산 와룡당에 가 기도를 하곤 했다. 기도하러 갈 때는 몸뻬에 고무신을 신고 등에 배낭을 메고 기도를 나섰다.

감 한 개, 배 한 개, 사과 한 개, 밤 대추 약간, 초 한 개를 배낭에 넣고 가 기도를 한 후 남대문 언니를 찾아갔다.

"언니, 이거 먹으면 복 받아."

그렇게 말하고 과일을 주고 돌아왔는데, 언니는 그런 내 모습과 과일을 보고 울었다고 했다. 이렇게 작고 볼품없는 과일은 어렸을 때부터 쳐다보지도 않던 것인데 그걸 먹으면 복 받는다며 디밀고 가는 내 모습이 너무 초라하고 측은해 보였다는 것이다.

아버지의 사랑을 담뿍 받으면서 부족함 없이 자란 부자 집 셋째 딸이 몸뻬에 검정 고무신을 신고 무엇이든 제일 좋고 큰 것만 고르던 내가 볼품없는 과일을 주고 가니 그 모습을 보는 언니의 마음이 어땠을까. 나중에 언니는

"내가 태어나서 그때 제일 많이 울었다는 거 아니니?"

라고 말했는데 내가 그 말을 백분 이해한 것은 그로부터 한참 시간이 흐른 후다.

　그 시절이 내 삶에 가장 가난했던 때였다. 신이 오면서 세상일은 잘되지 않았다. 나는 신을 받은 다른 사람들처럼 시름시름 소위 신병을 앓지는 않았다. 대신 내가 갖고 있던 많은 것들을 빼앗아 갔다. 첫 아들의 죽음과 두 번째 이혼이후 정말 가진 것 하나 없는 무일푼으로 무당 일을 시작했었다.

그래도 의욕만은 하늘을 찔렀던 듯하다.

내 스스로 '중계동 큰 무당'이라 말하면서 기도만큼은 참으로 많이 했다. 본래 잠이 많지 않은 편인데 무당이 되고는 잠을 더 못 잔다. 더욱이 '죽으면 실컷 잘 텐데 살아서 많이 자면 뭐해'라는 생각을 예전부터 갖고

있던 터라 자는 것을 별로 좋아하지 않는다.

깨어 있으니 할 일이라는 게 기도다. 할 일 없으면 염불이라도 한다는 말처럼 나는 무당답게 기도를 한다.

종자돈

초창기 중계동 시절 용하다는 소문이 났는지 찾아오는 사람이 꽤 많았다. 하루가 어떻게 지나가는지 모를 정도로 사람들이 붐비는데 돈은 모아지지 않았다. 저물녘 어두워지기 시작하면 등을 환히 밝혔다. 집안을 밝게 해놓아야 돈이 우리 집을 찾아오기 쉽다는 생각이 들기도 했고, 천성으로 어두운 것을 싫어해 흐린 날이면 낮에도 불을 환하게 켜놓았다.

손님이 많아 하룻밤 자고나면 십 여 만원은 들어오는데 돈은 모아지지 않았다. 상훈이가 중학생이 되고 나는 아들을 위해서라도 궁색은 면해야했다.

아버지가 나에게 그랬듯이 나 또한 아버지의 은공을 갚기 위해서라도 아들에게 잘 해줘야 하는 거였다. 물이 위에서 아래로 흐르듯이 윗분에게 받은 은덕은 아랫사람에게 갚는 것이 바른 도리이다. 부모님께 받은 사랑을 상훈이에게 맘껏 주기 위해서라도 돈이 있어야 했다. 헌데 돈을 벌면서 왜 모아지지 않는지 참으로 알 수 노릇이었다.

꼭 써야하는 일에는 쓰지만 웬만한 일에는 눈을 꼭 감기도 하면서 허

굿공장 사장이라는 말을 들을만큼 굿을 많이 하던 시절

리띠를 졸랐다. 그렇게 알뜰살뜰 살림을 해서 모아진 돈은 구십만 원이다. 백만 원 아귀를 맞추고 싶은데 그게 잘 되지 않았다. 궁리 끝에 십만 원 일수를 얻어 백만 원을 은행에 정기예금으로 넣었다.

그러구 나니 돈이 붙기 시작했다.

돈신이 이 사람에게는 들어가 있어도 함부로 없애거나 천대하지 않겠다는 판단을 한 것인지 참으로 묘하게 백만 원을 정기예금 한 후부터 돈이 모아지기 시작했다.

예전에 아버지가 그러셨다. 써야 할 데는 넉넉하게 쓰시지만 쓸 데 없는 낭비를 하지 않았다. 돈을 귀하게 여기시어 구겨진 돈은 반듯하게 펴서 당신만이 아시는 곳에 잘 간수했다.

그런 모습을 보고 자라서인지 나는 돈을 잘 간직하고 통장을 만들어 저축을 했다. 그런 연유로 학생 때 저축 상을 여러 번 탔던 기억이 있다.

아무튼 그 백만 원은 내게 종자돈이 되어 돈이 불어나는 일에 한 몫을 단단히 해주었다. 그렇게 통장에 숫자가 늘어나니 마음의 여유가 생기고 물건을 살 때는 예전 습관대로 제일 크고 좋은 것을 골랐다.

아버지는 물건을 살줄 모르면 무조건 최고 비싼 것을 사면 된다는 말씀을 하셨다. 하지만 물건 고르는 안목이 있을 때는 물건 값을 비교해가면서 골라야하며, 크고 화려한 곳은 장소 값이 붙으므로 그런 곳에 가서 사지 말아야 한다는 것을 우리 칠남매들의 귀에 못이 박히도록 일러주었다.

그런 아버지의 종자돈은 무엇이었을까.

당신 먼저 혈혈단신 김포로 남하한 후 다시 다섯 번에 걸쳐 북으로 올라가 할아버지, 할머니, 부모님과 형제들을 데려오신 효심과 가족애였을까. 아닐 것이다. 남의집살이를 하면서 집주인 원망하지 않고 개밥의 고 깃국을 달게 드시던 그 열린 자세가 아버지의 부를 일궈낸 원동력이며 당신 나름의 종자돈을 모으셨을 것이다.

신령님께서 아버지가 신의 아들로 사는 대신 가족에게 헌신하는 것을 나름의 업으로 삼은 것에 노여워하지 않고 감싸 주었다는 생각을 한 적 이 있다. 그런 의미에서 신령님은 세상 모든 일을 당신 뜻대로만 하시기 보단 인간의 편에 서서 판단하는 정말 높은 경지를 갖고 있으시다는 생 각을 한다. 신은 사람의 마음 여하에 따라 인간의 든든한 후원자가 되기 도 하고 복을 내려주시는 축복자이기도 하다. 신은 우리가 두려워하고 멀리 할 때 노여워하시지 어린이처럼 순수하게 매달리면 특별히 어떤 방 법을 취하지 않아도 그 사람의 편을 들어 주시는 참으로 좋으신 분이다.

예수님도 그렇고 부처님 역시 마찬가지라는 생각을 한다.

우리가 믿는다는 것은 그 분을 정신적인 종자로 삼아 올바르게 살면 어 느 신이건 사람에게 언덕이 되어 주시는 진정한 우리들의 협조자가 되어 준다.

굿을 많이 하는 이유

중계동 꼭대기 판잣집에 굿당을 차린 이후 나를 찾는 손님이 많았다. 손님 중에는 꼭 내 권유가 아니라도 치성이나 굿을 원하는 사람이 많다. 그럴 때는 치성보다는 굿을 권했다. 돈을 버는 차원이라면 굿보다는 치성 쪽이다. 치성은 혼자 할 수 있기에 들어오는 돈이 고스란히 내 지갑으로 들어온다. 하지만 굿은 나눠야 하는 곳이 많다.

쌀집, 떡집, 고깃집, 각종 야채와 과일, 갖은 양념들, 그리고 불러야하는 두서너 명의 무당, 삼현육각의 악사들, 공양주들에게 나눠줘야 한다. 그러므로 굿판을 벌리면 굿을 하는 사람이 내는 경비가 열둘이나 열셋으로 나뉘게 된다. 그뿐이 아니다. 굿은 치성보다 열 배, 아니 그 이상으로 힘이 든다. 진오귀굿 경우에는 짧아야 대여섯 시간이요 긴 것은 이틀 걸리는 굿도 있다.

무당집은 크던 작던 간에 징, 장구 소리가 끊이지 않아야한다. 징소리로 하늘을 울리고 북소리로 땅 문을 열어야 소원이 성취되고 신령님과의 소통이 잘 된다. 예수님도 쉬지 말고 기도하라 하셨듯이 무당도 신령님과 징과 장구로 대화 즉 커뮤니케이션이 잘 돼야 영검의 힘이 생긴다. 무당은 굿을 잘 할 수 있어야 무당이지 점만 본다면 점쟁이일 뿐이다.

굿을 통해 주변과 이익 분배를 하게 되면 여러 곳 중에 있는 그 집 조상들이 나를 도와줄 것이다. 일테면 야채 집의 조상이

"그래, 손이화야, 네가 우리 후손에게 돈을 주었으니 네가 비는 소원을 같이 빌어주마"한다든가 아니면 고깃집 조상이나, 양념 집 조상이 될 수도 있고, 쌀집 조상이 될 수도 있다. 암튼 누구네 집 조상님이건 내가 지극정성으로 비는 사람을 위해 함께 힘을 보태 준다면 훨씬 정성이 하늘에 닿지 않을 것인가. 백지장도 맞들면 낫다니까.

굿이 시작된 것이 어제부터인지 모르겠으나 우리네 조상님들도 이웃과 나눠야 복을 받는 것은 물론 서로 주고받으며 살아야 하고 절대 독불장군은 없다는 것을 아셨기에 그렇게 실천하셨을 것이다.

굿을 해 굿 덕을 보았다면 무당이 능통한 것도 있겠지만 그렇게 여러 조상이 합심해 선을 이루었기에 효험을 보았다는 해석을 내려도 괜찮다. 그래서 점은 애동이가 보고 굿은 구만신이 해야 한다는 말이 나왔을 것이다. 따라서 굿을 한마디로 정의하라면 '굿은 나눠 먹기다'라고 말해야 한다.

신어머니는 굿을 많이 해야 무당 자격이 있다고 했다. 무당은 굿을 통해 독식하지 않고 이웃과 나눠야 함을 나에게 그렇게 말씀하셨던 듯하다.

나도 처음에는 굿을 해서 풀어먹인다는 것은 알았으나, 굿이 나름의 이웃사랑이며, 나눔의 실천이라는 생각은 하지 못했다. 하다 보니 굿의 오묘한 나눔의 정신을 알게 된 것이다.

사실 굿은 대체적으로 주부들이 한다. 주부는 평소에 콩나물 값도 깎으면서 알뜰살뜰 산다. 그런 주부가 얼마나 가슴이 답답하고 풀고 싶은 게 있으면 몇 백만 원이 드는 거금을 내놓고 굿을 하는가. 나름 맺힌 부

첫 나라굿, 통일기원제

분이 쌓이고 쌓여서 그런 것이다.

그걸 알게 되고, 굿의 생리를 깨달으면서 나는 더욱 정성을 다 해 이웃과 나누고, 굿에 들어가는 물품은 최고 좋은 것으로 한다. 그야말로 지극정성을 들이고, 이웃 조상님들의 힘까지 보탤 수 있으면 보태서라도 굿하는 사람에게 꼭 굿 덕을 보게 하고 싶은 것이다.

나는 춤을 춰야 직성이 풀린다. 아마도 신병을 춤으로 대신 앓았던 것 같다. 상훈이 가졌을 때 국악한마당을 보면서 수건을 들고 덩실덩실 춤을 췄는데 나중에 알고 보니 내가 췄던 춤사위가 살풀이에 가까운 동작이었다.

나는 신복을 입으면 정말 신이 나고 절로 힘이 난다. 사람들도 내가 신복을 입으면

"어쩜 그렇게 신복 입으신 게 예뻐요"

라고 말한다.

"어울리죠? 손이화는 타고난 무당이라니까요."

라고 응수한다.

무당의 슬픔

무당은 좋은 엄마 되기가 힘들다. 보통 엄마들처럼 일상의 자잘한 뒷바라지를 할 수 없을 때가 많은 것부터 함께 해주는 시간이 없기 때문이다. 상훈이는 그런 엄마를 어떻게 받아들였을까.

상훈이는 엄마가 무당이라는 것을 싫어하지 않았다. 내가 굿을 하느라 춤을 추면 그 모습을 유심히 보았고, 무당춤은 아니지만 자기도 일어나 뭔가 동작을 했다. 말하자면 상훈이는 무당집의 분위기를 아주 자연스럽게 받아들였고, 굿 장단에 맞춰 어깨춤을 춘다던가, 그 장단의 흐름에 맞춰 놀았다. 상훈이가 싫어하는 건 밖에 나가 굿하는 것이었다.

굿은 정해진 시간이 없다. 하다보면 몇 시간은 잠깐이고, 어떤 때는 하루는 물론, 이틀이 걸리기도 한다. 그럴 때면 아이 밥 차려주는 것은 물론이고 무얼 하고 있는지, 어디를 가는지, 공부는 제대로 하고 있는지 등등 알 수도, 참견할 수도 없다.

집에서도 그런데 나가서 굿을 할 때는 집일은 물론이고 아이 생각도 잊어버릴 때가 다반사다.

아주 아픈 기억이 있다.

포천에서 굿을 할 때였다. 느낌이 이상해서 집에 전화를 했으나 아무도 전화를 받지 않았다. 할 수 없이 굿판을 계속 벌이고 있는데 옆집에서 전화가 왔다. 상훈이가 열이 펄펄 나고 혼수에 가까운 상태가 되어 전화를 했다는 것이었다. 당장 뛰어가고 싶으나 굿이 절정인데 팽개치고 갈 수는 없었다. 빨리 응급실에 데려가 달라는 부탁을 하고 굿을 계속했다. 정말 그때는 무아지경의 굿이 되진 않았지만 끝까지 마치고 얼른 병원으로 달려갔다.

굿과 자식 중에서 굿을 택해 무당의 자리를 지킨 셈인데 그 일은 두고두고 가슴에 맺혔다.

또 한번은 아버지 돌아가셨을 때다.

꿈에 신딸이 있는 신내동에 굿을 하러 갔는데 그곳의 사람들이 모두 상복을 입고 있었다.

"왜 모두 상복을 입었죠?"

그렇게 말하고 주변을 둘러보니 한 쪽에 시루떡이 있었다.

꿈에서 깨보니 시루떡이 '사자상'이란 생각이 퍼뜩 들면서 갑자기 아버지에게 무슨 일이 일어났다는 느낌이 왔다. 얼른 김포 친정집에 전화를 하니 아버지께서 돌아가셨다한다. 늑막이 좋지 않으셔서 봄, 가을로 편찮으신 아버지가 내가 꿈을 꾸던 그 시각에 운명하신 것이었다. 그렇지만 나는 상복을 입을 수가 없었다.

지금이라면 그런 신법에 순명하지 않고 아버지께 달려 갈 테지만 당시만 해도 신의 제자는 상복을 입지 않는다는 법에 따라 아버지의 초상에 가지 않았다. 장례식에 가는 대신 집에서 진오귀굿을 했다. 지금까지도 그 일은 두고두고 씻을 수 없는 슬픔이 되었다. 누가 그런 법을 만들어

휴식시간.

놓은 것일까. 나는 무당 세계에서의 그 법은 바뀌어야한다는 생각을 한다.

"아버지, 당신은 무당 세계를 아시니까 가지 못하는 명숙이를 이해하시죠?"

내가 그렇게 말하지 않아도,

"명숙아, 오지 말거라. 신의 법을 어겨서는 안 된다."

라고 말씀하실 아버지지만 그렇다고 정말 가지 않은 나는 무엇인가.

살아보니 부모를 공경하는 건 어느 종교에나 근본으로 흐르는 법칙인 것을 그때 나는 왜 알지 못했을까?

아버지의 장례는 동네 장례식이었다 한다. 아버지는 가족에게 뿐만 아니라 동네 모든 사람들의 가슴 속에도 기억되는 좋은 분이었음을 느끼면서 아버지가 돌아가셨을 때 내가 무당이었다는 것에 가슴을 쳤다.

굿판을 여니

하늘 문과 땅 문을 여소서

아주 별난 직업

무당은 직업으로 친다면 아주 특별한 직업이다. 하고 싶다고 되는 것도 아니고 하고 싶지 않다고 하지 않을 수도 없는 경우이니 말이다. 목사나 신부는 신학대학을 나와 그에 따른 절차를 거치면 되고 스님도 불교대학을 나와야 되는 경우가 태반이나 무당의 경우는 무당대학이 있는 것도 아니니까 공부한다고 되는 것도 아니고 자기 의지와는 상관없이 신을 받으면 하지 않을 수 없다.

무당은 강신무와 세습무가 있는데 내가 접신을 받은 강신무로 처음 접신이 된 분은 드라마로 한참 인기가 높았던 선덕여왕이다. 꿈에 궁중 옷을 입은 분이 오시기에 누구냐고 물으니 '나는 만덕이다'라고 말했다. 꿈에서 깨자마자 곧바로 여고 때 국어 선생님께 전화를 걸었다.

"선생님, 만덕이가 누구죠?"

늦은 밤에 제자가 다짜고짜 만덕이가 누구냐고 물으니, 선생님은 황당하셨을 텐데도 만덕은 여왕이 되기 전의 선덕여왕 이름이라고 알려주었다. 그런 연유로 법당 산신상 옆에 관세음보살상을 모셔놓고 선덕여왕을 상징하는 빨간 염주를 걸어 놓았다. 이후 꿈에 나타난 측천무후, 쓰이크 천왕님을 상징하는 불상을 모셔 놓았다. 만덕은 고행이 많은 분이었으니 그분 신을 받은 나 역시 고행을 많이 해야 영검을 더 받을 것이라는 생각이 들었다.

무당을 찾아오는 사람들은 다 그런 건 아니지만 대체적으로 하는 일이 힘들거나 꼬이고 더 이상 다른 데 갈 수 없어서 마지막으로 찾는 경우가 많다. 교회에 다니는 사람들 중에 병원에 다닐 만큼 다녀 봐도 효

힘이 없거나 기왕 죽을 병이니 굿이라도 해보자는 심경으로 오는 사람도 있다.

이렇게 마지막 단계에서 오는 사람들을 위해서는 내 몸이라도 불살라야 효력이 있을 것이므로 신령님께 기도를 하면서 손가락을 태우기도 한다. 촛불에 손가락을 태우는 고행을 할 때는 촛농을 손가락에 묻혀 태우는데 그때는 열전도가 더 높아 엄청 뜨겁다. 눈을 감고 촛불에 손가락을 대고 있노라면 고기 타는 냄새가 난다. 하기야 사람 살도 고기이니 고기 타는 냄새가 나는 것은 당연하다.

울진에서 다리가 많이 아파 오신 분 경우는 그런 고행으로 여러 번 아픈 곳을 만졌는데 많이 나아 보람이 있었던 케이스다.

무당들은 영검을 받기 위해 산이나 바다에 가 기도를 한다. 내 경우 산 기도는 가지만 대체적으로 법당에서 신령님과 얘기를 많이 한다. 어차피 나한테 오신 신이니 내 편이라는 생각에 맘이 편해져서 아버지에게 어리광 피우듯 말하기도 한다.

어떤 때는 양 쪽에 초를 여섯 개씩 켜 놓고 방울과 부채를 들고 춤을 추다가 땀이 흠뻑 나면 벌러덩 누워서

"신령님, 이화한테서 뭘 받고 싶으세요? 이렇게 신나게 놀아드리는 것으로는 만족이 되지 않으세요?"

그러다가 일어나 또 춤을 추다가 다시 누워서.

"손가락 태우는 것으로 만족하지 못하시겠다면 뭘 더 드릴까요? 팔이요? 다리요?"

힘이 들 때는 이렇게 별별 소리를 다하다가 고단하면.

"이화, 이제 들어가 잘 테니까 정성이 부족하다면 내일 다시 뵙자구

요. 아셨죠?"

어떤 때는

"어제는요, 형제들하구 노래방에 가서 신나는 가요 많이 불렀더니 스트레스가 확 풀렸어요. 잘했죠?"

그렇게 신령님께 내 모든 이야기를 다 고해 바치는데, 속상할 때는 하지 않아도 되는 말도 해버린다.

"신령님, 왜 이렇게 힘든 사람들이 많죠? 이화 찾아온 사람들 가슴 좀 확 풀어주시면 안돼요? 어떡하면 좋아요. 신령님, 내 가슴 한 쪽이라도 확 잘라드릴까요?"

말이 씨가 된다고 했던가.

나는 그로부터 몇 년 후 유방암으로 정말 가슴 한 쪽을 뭉텅 잘라내야만 했다.

굿은 가장 오래된 뮤지컬

신을 향한 모든 의식은 신에 대한 공경과 예의를 지켜야 하기에 오랫동안 내려온 의식과 절차가 있다. 굿 역시 신령님께 모든 공양을 정성껏 드려야 한다. 무당은 풍류공양, 전물공양(음식)을 비롯해 노래와 춤으로 신령님을 모시면서 하늘 문과 땅 문을 열어야한다.

굿이 언제부터 시작되었고 굿의 절차나 법도가 어느 때부터 시작되어 왔는지 모르겠으나 신라시대에도 무당이 있었던 것은 확실하다. 김부식

통일기원제에서 대감 놀이 장면

김포 도당굿을 재현하면서 돼지를 세우고 축원을 하다.

의 삼국사기에 '차차웅'이라는 인물 이야기가 나오는데 차차웅은 신라 말로 무당이라는 뜻이란다. 또한 차차웅의 여동생이 조상 제사를 모셨다는 이야기도 기록되어 있으니 차차웅의 여동생도 무당이었다는 이야기가 된다.

굿은 노래와 춤, 악사가 있는 굿거리로 요즘 풍속으로 표현한다면 일종의 뮤지컬이라고 할 수 있다. 무당은 춤과 노래를 잘 해야 인기가 있는데 내 경우는 노래보다는 춤을 잘 춘다.

1991년도에 신굿을 받고 무당이 되면서 굿을 많이 하는 무녀로 그 세계에서는 꽤 인기가 있었는데, 내가 하는 굿에 초대되어 온 악사들은 춤 솜씨가 좋다며 엄지손가락을 들어 보이면서 칭찬해주기도 했다.

굿에 있어 소리는 필수다.

절에 가면 스님이 목탁을 치고 교회에서는 종소리로 의식이 시작됨을 알리듯이 굿을 시작할 때도 악기로 소리를 낸다. 이렇게 소리를 내는 것은 신에게 의식을 알리고, 만물의 중생들을 잠에서 깨우고 눈을 뜨게 하는 의미가 있다.

굿은 종목에 따라 악사가 한 명이 되거나 두 명이 될 수 있으며, 영산제 같은 큰 굿은 정식으로 삼현 육각(피리2, 대금, 해금, 북, 장구)이 모두 동원되어 그만큼 악사 수가 늘어나기도 한다.

대부분의 굿에는 북과 장구에 피리, 대금이 동원된다. 규모가 작은 굿은 외 잽이(외 피리), 양 잽이(피리, 해금) 악사가 참여하기도 하고, 규모가 조금 크면 삼 잽이(피리, 대금, 해금)가 함께 하고, 아주 작은 굿은 무당이 장구와 제금을 치면서 하는 경우도 있다.

무당의 노래와 춤은 이런 악기 소리에 따라 신명이 잘 나기도 하고 덜

무당은 장구도 잘 쳐야 한다.

나기도 하니 무녀가 혼자 하는 굿에는 악사 솜씨가 굿판을 좌우한다고 할 수 있다.

내 경우는 혼자 하는 대신 다른 무당을 한 명이나 두 명 부르므로 내 굿판은 일인 뮤지컬이라기보다는 두세 명의 무녀와 두세 명의 악사가 함께 출연하는 뮤지컬이라고 할 수 있겠다.

굿을 잘 모르는 사람들은 무당이 신명이 나서 되는대로 하는 것으로 생각할 수 있지만 그러나 굿은 나름의 체계가 있고, 까다로운 격식이 있다.

굿거리는 규모에 따라 열 거리, 열두 거리 등과 그 이상의 거리가 있다. 이렇게 거리가 많은 것은 무당이 모시고 있는 몸주신이 많기 때문이며, 진오귀 같은 굿은 죽은 조상들을 일일이 불러내야 함으로 그만큼 몸

주신이 늘어난다.

굿의 각 거리에는 모시는 신령이 다르기 때문에 무당은 그에 따라 옷을 빠르게 바꿔 입어야 한다. 무당이 거리에 따라 옷을 맞춰 입지 않으면 효험이 없으므로 매 거리마다 그에 맞는 옷을 입게 되니까 의상 역시 그 어떤 뮤지컬보다도 무대의상이 화려하다.

굿은 주 거리가 시작되기 전에 부정 거리를 먼저 시작하는데 이것은 굿판에서 부정한 것을 몰아내고 그 자리를 정화하기 위해서이다. 말하자면 신령님이 오실 자리에서 부정한 잡신을 몰아내는 의식이다. 이 때 무당은 노래를 부르면서 술을 뿌림으로 굿판을 신성한 자리로 바꾼다.

굿이라는 한국 고유의 뮤지컬에는 종류가 다양하다.

좋은 운이 들어오게 하는 재수굿과 죽은 이를 달래는 오귀굿이 가장 많이 하는 굿이다. 병을 낳게 하는 병굿은 다른 말로 푸닥거리로 불리기도 한다. 진작굿은 무당이 자신이 모시는 신령을 위해 단골들과 같이 하는 굿으로 다른 어떤 굿보다도 엄숙하고 진지하게 올린다. 그리고 결혼 등 경사에 앞서 조상님한테 알리는 여탐굿이 있다.

이외에도 한 가족에게 해당되지 않는 마을 굿은 많이 알려진 강릉단오제, 은산 별신굿, 하회별신굿, 김포 도당굿 등 마을의 평안과 번영을 위해 마을 단위로 하는 큰 굿이다.

이렇듯 굿 종류는 참으로 다양하게 많다.

자신을 버려야 산다

어머니는 자식을 위하는 일이라면 무슨 일이든 할 수 있다. 자식 대신 죽으라면 기꺼이 자신의 목숨도 내 놓을 수 있는 게 어머니다. 예전 어머니들은 정한수를 떠 놓고 빌고, 서낭당을 만나면 돌 하나 쌓아놓고 절하며 빌었다. 그런 어머니들이 요즘 비정해지고 있다. 남편의 외도, 무능으로 자식을 부모 없는 사람으로 만들고 심지어는 자신의 문제로 자식을 남이 기르게도 한다.

신령님이 노하실 문제다.

나는 손님에게 가능하면 이혼하지 말 것을 강조한다. 팔자에 파가 있어 헤어질 수밖에 없다면 어쩔 수 없겠으나 자식을 우선으로 생각하면 그 팔자도 바꿀 수 있다.

내가 무당이 된 것은 이런 일을 막으라는 의무로 있는 게 아닐까 하는 생각이 든다. 그렇지 않고서야 내게 그렇게 많은 시련을 겪게 하지 않으셨을 것 같다.

신령이 누군가를 무녀로 점을 찍으면 절대 물러서지 않는 듯하다.

신령은 일단 병으로 경고를 해서 듣지 않으면 다음 단계로 들어간다. 점찍은 무녀 후보자의 집안을 쑥대밭으로 만드는데, 가장 흔한 방법으로론 가까운 사람을 하늘로 데려가는 것이다. 이 경우는 자신이 이유 없이 아픈 것보다 더 견딜 수가 없다. 가족, 그 중에도 자식의 죽음은 치명적이다. 자식까지 갔는데 뭔들 못하랴 싶고 다 버릴 수 있는 경지까지 가면 이전과 달리 맘이 편해진다.

신은 자신이 선택한 무당 후보에게 왜 그리도 가혹한 형벌을 내리는

이 신굿(내림굿)을 하면 또 한 명의 신딸이 태어난다.

것일까?

그 일에 대해 요즘에 와서 깨닫게 되는 것은 무당은 그런 고통을 겪어야 다른 사람들의 고통을 더 잘 이해할 수 있어서가 아닌가 하는 생각이다. 동병상련이랄까. 고통을 먼저 겪은 인생 선배가 그런 고통을 겪는 사람들을 돕는 게 쉬울 것이다. 어쩌면 비로소 자식이 잘났건 못났건 모두를 끌어안을 수 있는 어머니의 마음이 될 수 있는 그런 상태 말이다.

무당을 찾아오는 사람들은 견딜 수 없는 고통으로 신음하다가 마지막 단계로 무당을 찾는 경우가 다반사다. 그런 손님들에게 내 가슴부터 연다. 그냥 애쓰지 않아도 어머니의 마음이 된다. 신은 세상 사람들을 일일이 다 찾아다닐 수 없어서 어머니를 만들었다는 말이 있다. 그 말을 적용한다면 무교는 바로 어머니의 종교이기도 하다.

무당을 만드는 신령이 그런 의미에서 무당이 되려는 후보에게 그런 고통과 시련을 주시는 것이라면, 신병을 주고 불행을 내리는 신의 뜻은 얼마쯤은 이해가 간다. 말하자면 세상 사람들의 불행과 고통을 이해하는 무당이 되게 교육시키는 제자 훈련이니까. 무당 후보자는 세상 사람들처럼 속세에서 나름의 죄를 지으면서 사는 보통 인간이다. 그런 보통 인간을 신의 말을 전하고 굿판을 열수 있는 신의 중개자가 되게 하기 위해서는 그런 고통의 방법밖에는 달리 길이 없는지도 모른다.

이전의 삶을 버리고 신의 딸로 다시 태어나기 위해서는 시련의 터널을 지나야하고 고통의 바다를 건너야한다. 그래야만 이전의 모습을 버리고, 나아가 불행한 사람의 마음을 이해하고 어루만질 수 있는 무당이 되는 것이기에 신이 내리는 신병은 무당 후보자가 달게 받아야하는 신의 잔이기도 하다.

굿판은 무당학교 교실

신굿을 받았다고 해서 무당 일을 할 수 있는 건 아니다. 이를테면 무당이 되었다는 자격증은 땄으나 무당의 주 업무인 굿을 할 수 없다는 것이다. 굿은 복잡하고 정교한 의식이 있으므로 오랜 동안의 학습과정이 필요하다. 그러므로 방금 태어난 애동이 무당은 신어머니가 하는 굿판을 따라 다니면서 잔심부름부터 시작해서 모든 굿의 절차를 꼼꼼히 배우고 익혀야한다.

점치는 것을 시작으로 노래, 춤, 각 거리마다 입어야하는 옷, 제상 차리는 법 등 배워야하는, 등등이 손가락으로 셀 수 없을 만큼 많다. 신굿

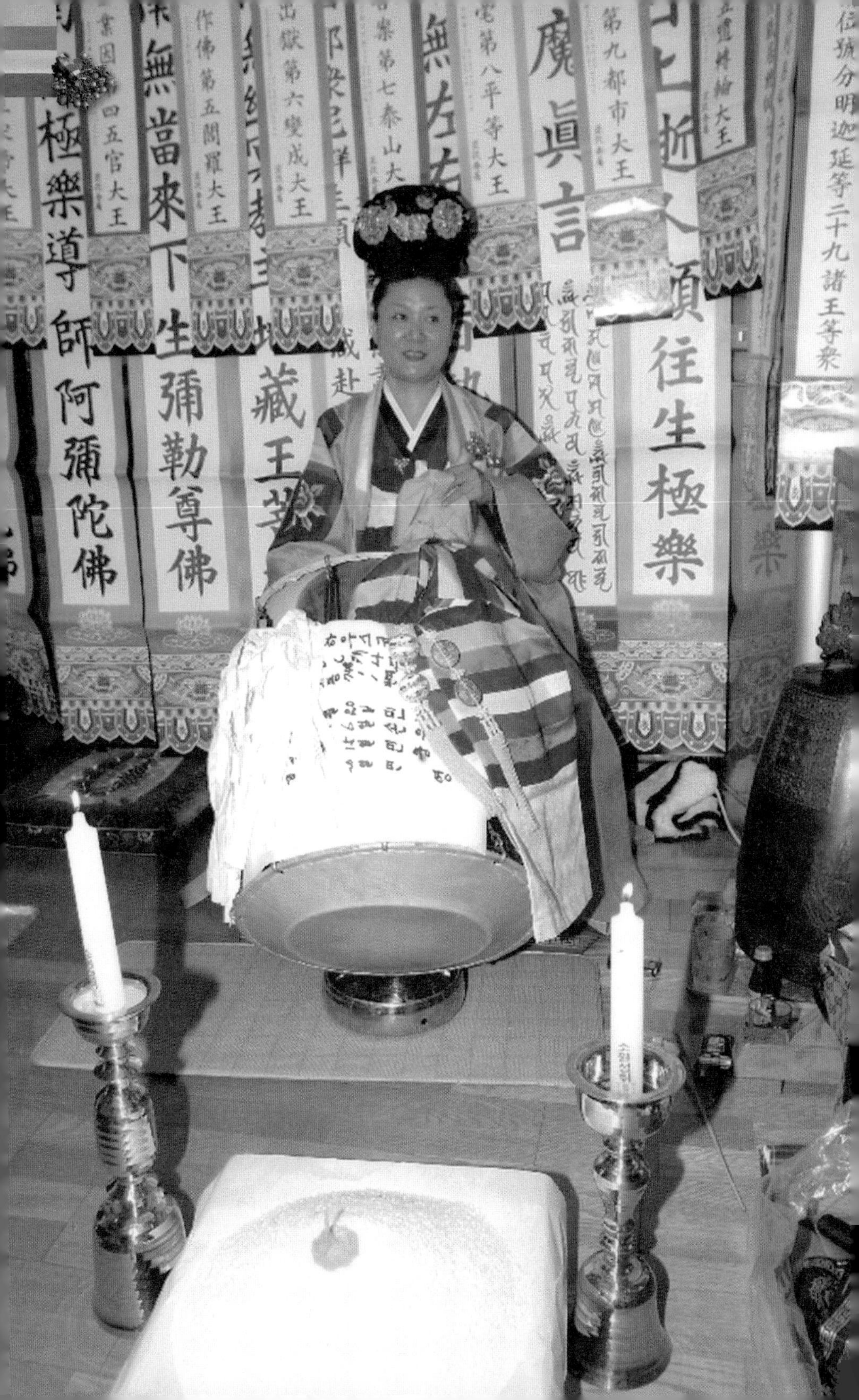

極樂導師阿彌陀佛
當來下生彌勒尊佛
第五閻羅大王
第六變成大王
第八平等大王
第九都市大王
往生極樂

을 성공적으로 치르고도 굿하는 방법을 제대로 익히지 못해 굿을 하지 못하는 무당이 의외로 많다. 그런 무녀들은 점을 치는 일을 주 업무로 하게 되는데, 이런 무당은 점술가이지 엄격히 진짜 무당이라 할 수 없다. 무당은 굿을 잘 치르고 그 일을 통해 신령한 힘을 보여주어야 한다.

신굿을 치르는 데는 만만치 않게 많은 경비가 든다. 오래 동안 신병을 앓은 뒤 비싼 경비를 들여 무당에 입문했지만 굿을 하지 못해 그 일을 접은 사람들이 꽤 많다. 빚을 내어 신굿을 받았는데 무당으로 돈을 벌지 못했을 때는 그 빚을 갚기 위해 잘못된 길을 가는 사람들이 있다. 간혹 무당 아닌 무당들이 정도를 걷지 않고 사기를 치는 일이 있는데 그 경우 정도를 걷는 무당들을 당혹스럽게 하기도 한다.

애동이 무당이 혼자 자립할 수 있는 기간은 사람에 따라 다르지만 대략 십 년의 세월을 굿판을 따라 다녀야만 된다는 말이 있다. 연극배우가 되기 위해 극단에 들어가 청소부터 시작해 온갖 심부름을 하면서 귀동냥, 눈동냥을 거쳐 실력을 쌓아 배우가 되는 과정과 같다고나 할까.

그러나 어느 세계나 개인차가 있다.

1,2년에 굿거리를 대략 배우고 실전에서 스스로 터득해가는 경우가 대부분이다.

내 경우도 이에 해당한다. 나는 신어머니를 따라 다니며 굿판에서 굿하는 공부를 했다. 그리고 내 법당에 와서 노래하고 춤추고, 신령님께 투정을 부리고 때로는 살을 태우는 고행을 스스로 자청했다.

신어머니는 내가 무당으로 타고 났다는 말씀을 하셨다.

기왕에 무당으로 살아야하는 운명이라면 그에 순종하고 가능하면 즐겁게 이 길을 가야겠다는 생각을 했다. 그리고 정말 타고나서인지 아니면 무당이 적성에 맞아서인지 굿하는 일이 좋다. 굿이 절정에 오르면 나는 무아지경이 되면서 정말 신이 아니면 할 수 없는 경지에 간다.

장군 옷을 입고 작두를 타고 공수를 할 때 장군신이 오르면 갑자기 내 음성은 장군 목소리가 되어 우렁차진다. 어떤 때는 애기 신이 오르면 나도 모르게 애기 음성이 되고 어떤 때는 할머니, 할아버지 목소리가 된다.

큰 굿을 할 때는 굿하는 주체 측에서 굿거리 전체를 비디오로 찍기도 하는데 나중에 그걸 보면서

"내가 신이 오르면 저렇게 하는구나.."

맨 정신의 내가 놀라기도 한다.

굿을 하면서 그런 상태가 되는 것은 신의 위력에서 힘이 나기 때문이다.

이럴 때는 신꽃이 핀다.

그때의 춤은 손이화가 추는 것이 아니라 신령님이 내 몸을 빌려 한바탕 노는 것이다. 젊었을 때 내가 굿하면서 절정에 올라 춤을 추면 악사들은 내 춤에 빠져 자신들이 어떻게 악기를 불었는지 저도 모르게 빠져들었다는 이야기를 하기도 했다.

"손이화, 당신 신은 춤을 아주 잘 추시는 신이 분명해요."

이런 말을 하기도 했다.

굿하면서 춤을 추다가 어느 순간 무아지경에 빠지는걸 보면 내 주특기가 춤인 것은 틀림없는 것 같다.

무당을 찾는 사람은 굿에서 신령을 만난다.

나는 무당으로 자긍심을 갖고 있다.

그리고 굿을 하는 모든 무당은 자긍심을 가져야하고 무업에 대해 자부심과 보람을 가져야 한다고 생각한다. 왜냐하면 무당은 그냥 되는 것이 아니기 때문이다.

생각해보라.

한 여자가 무당이 되기 위해 얼마나 긴 세월을 지나면서 고통을 겪었던가.

나는 신이 오면서 겪는 무병을 알지 못하면서 겪었고 알고 난 후에도 무녀로 살아야 할지 말지를 갈등하다가 불가항력의 힘을 느끼고 마침내 신 굿을 받았다.

그런 통과의례를 거쳤다고 해서 곧바로 무당이 되는 것도 아니다. 또다시 오랜 기간의 수련기간이 필요하다. 모르면 굿을 할 수 없기에 어쩔 수 없이 신어머니를 무조건 따르면서 굿을 할 수 있는 능력을 쌓아야하는 것이다.

목사나 신부는 정해진 공부기간을 거쳐 졸업을 하면 얼마간의 연수기간을 거쳐 그 일을 수행할 수 있는 자격이 주어지지만 무당은 그렇지가 못하니 어쩌면 목사나 신부님 되기 보다 더 힘든 여정이 아닐 수 없다.

그런 위험을 안고 도전하고 노력해 무당이 되고 고통 받는 사람들의 마지막 구원처가 되고 있으니 자긍심을 갖는 것은 당연하다. 그런데도 세상 사람들은 우리 무당들을 목사나 신부들에게 보내는 존경심을 갖기는커녕 하대하고 미신 신봉자로 낙인찍으려 하는 심사가 무엇 때문인지 묻고 싶다.

아무튼 무녀들은 될 만한 원인을 가지고 힘겹게 무당이 되었으니 그 역할을 충분히 해야 한다.

무당을 찾아 굿을 하는 무교의 신도는 굿을 통해서만이 그들이 원하는 초능력의 신령을 만날 수 있다. 무당은 굿이라는 의식을 잘 치러냄으로서 신도에게 신령의 초능력을 보여주고 굿을 하는 목적을 이뤄야한다.

무당은 이 어려운 과제 앞에 온 몸을 내던진다.

사업이 잘 되기를 원하는 사람에게는 사업이 잘 되리라는 확답을 신령님으로부터 받았다는 확신을 주기 위해 물동이 위에 올라서고 신령님

을 불러 내 그 목소리를 듣게 해야 하며 작두를 타야한다.

모든 일이 편안할 때는 세상의 온갖 재미 다 보며 살다가 일이 잘 되면 내 탓이요, 잘못 되면 조상 탓이라고 조상 위하는 굿을 청해온다. 그래도 돌아가신 분들은 산 사람보다는 너그러우시니 어느 조상이 돌보아도 돌봐주시겠지 하면서 정성을 다해 장을 보고 잘 차려 굿을 한다. 굿하는 사람에게 원하는 복을 주십사하고 빌면서 나는 무아지경에 빠져 철철 울기도 하고,

"걱정마라, 네 소원 들어 주신다는구나, 네 정성 갸륵해 복을 주실 것이니 마음 비우고 열심히 일하라."
고 신령의 말씀을 전한다.

그가 아까운 돈 들여 굿을 하니 내 말이 얼마나 가슴으로 와 닿을 것인가. 무당을 통해 신령님이 주시는 말씀을 잘 받들어 행하면 잘되지 않은 일도 풀릴게 당연하다.

어쩌면 굿하는 당사자는 굿을 통해 다시금 마음을 다잡고 마음이 편해져서 젖 먹던 힘까지 동원해 열심히 할 것이니 일이 잘될 확률은 굿하지 않았을 때보다 훨씬 높아진다.

굿은 신도와 무당이 함께 염원해 초능력의 신령님을 만나는 자리이다. 신을 만났으니 그 사람은 일이 잘 풀리리라는 확신을 가질 것이다.

그런 연후 마음을 다잡고 세상을 향해 나가 일하면 풀리지 않을 일도 잘 풀릴 것이 아닌가.

진오귀굿은 굿한 사람에게 편안함을 준다.

살아생전 잘못한 것을 돌아가신 후에 풀어냄으로서 산 자가 편해진다. 이 어찌 아름다운 통과의례가 아닌가.

그렇기에 굿은 사람들의 마지막 축제이다.

고통은 삶을 정화한다.

나를 찾는 사람 중에는 기독교 신자도 있고, 가톨릭 신자도 있다. 그들은 아주 수줍게 자신의 종교를 고백하면서 목사님이 아시면 야단을 치실 것이고, 신부님께 고백성사를 봐야한다고 말한다. 그러면서도 나를 찾아 온 것은 너무 일이 잘 풀리지 않아 지푸라기라도 잡는 심정으로 왔음을 솔직하게 털어 놓는다.

그러면 나는 우스갯말로

"자 그러면 예수님께 기도하고 나서 봅시다."

라고 말한다.

예전에 읽은 어떤 책에서 '한국 사람들은 평소에는 불교나 기독교적으로 살다가 심각한 문제가 생기면 무당을 찾아 간다'는 글귀가 생각난다.

사실 나를 찾아 올 때는 스스로 힘든 상황을 견디고 견디다 답이 나오지 않아 오는 경우가 다반사다. 정말 그들의 얼굴에는 번민과 고통으로 가득 차 있다.

정말 내가 신이라면 그들의 고통을 다 해결해주고 싶다.

그럴 때면 나는 예수님, 부처님, 마호메트님 내가 믿는 신령님이 원망스럽다. 왜 신들은 세상 사람들이 이토록 고통스러운데도 수수방관만하고 계신 것인가.

일이 복잡하게 꼬여 내 머리로도 판단이 서지 않는데 신령님도 금방 답을 주지 않을 때는 그를 보내고 나 혼자 치성을 드려 보기도 한다. 굿을 하면 좋을 텐데 그가 돈이 없는 사람이면 참으로 마음이 을씨년스럽다.

이 일을 하다보면 안타까울 때가 많다. 굿을 하면 좋겠는데 형편이 여의치 않아 할 수 없을 때는 내가 혼자 그를 위해 기도해준다. 누울 자리 보고 다리를 뻗는다는 말처럼 있는 사람은 크게 해주고 그렇지 않은 사람은 최소의 경비로 해주지만 정성은 다 같다고 할 수 있다.

나는 찾아온 사람에게 점을 쳐주고 그가 원하면 굿을 해주는데 절대 해주지 않는 것이 있다. 그건 갈라서고 싶다던가, 남편의 외도, 아내의 연인에 관해 어떻게 해달라는 요구는 들어주지 않는다.

그런 경우 그와 대화하면서 스스로 해결책을 찾도록 유도한다.

"내가 아는 사람이 남편이 하도 때려서 갈라섰어요. 그러고 나서 재혼했는데 두 번째 남자는 허리띠 풀러 팬답디다. 팔자 도둑은 못해요. 그냥 살아봐요."

"그래요?"

그런 다음 주절주절 그런 종류의 삶에 대해 얘기하다 보면 그녀는 어느새 마음이 풀어져서 돌아간다.

"그래도 조강지처만한 자리 없어요. 고통은 인내로 풀어야지 다른 방법이 없어요. 그리고 신령님은 결혼을 안 하시고 그래서 이혼도 해보지 않으셔서 이런 문제는 우리보다 못하신 듯해요."

신령님이 결혼을 했는지 아닌지는 모르겠으나 손님에게 그렇게 말하면서 인내를 강조한다. 예전에 참 많이 인용하던 말에 '인내는 쓰나 그 열매는 달다'는 말은 그냥 나온 말은 아니다.

먹고 사는 일로도 충분히 지치는 우리네 삶이지만 남녀 간의 연애문제도 만만치는 않다. 남편의 외도를 참다못해 비싼 돈 들이면서까지 굿을 하려는 것을 보면 그 문제도 결코 간단하지는 않은 모양이다.

"그 여자한테 좋은 남자 만나라는 치성이라면 몰라도 굿까지 할 게 뭐 있겠어요. 조강지처는 참을 줄 알아야 지킬 수 있는 자리예요."

그러면서 예전의 내 경우를 말해준다.

어느 날 집에 들어서는데 안방에 여자가 있었다. 남편이 들어가지 말래서 그냥 그 앞에서 남편에게 물었었다.

"내가 누구지?"

남편은 내 말의 의도를 몰라 의아해하기에

"내가 조강지처야? 아님 저 안에 있는 여자처럼 첩이냐고?"

"조강지처지."

"그럼, 알았어, 내가 조강지처니까 참고 나간다."

나는 그 이야기를 해주면서 조강지처는 무조건 참는 게 최선임을 이야기하면 남편 외도로 일그러졌던 얼굴이 어느 정도 펴지는 일도 있었다.

굿은 변하지 않는다.

굿은 옛날부터 내려오는 원형 그대로의 모습을 고스란히 지니고 있다. 세월이 흐르면서 많은 것들이 제 모습을 알아볼 수 없을 만큼 변하는데 비해 굿은 거의 변하지 않고 이어져 오는 힘은 어디에 있을까?

그건 김치 맛이 변하지 않고 이어져오는 것이 어머니가 하는 것을 보고 그대로 따라 하는 것처럼 아마도 신어머니에게 굿판에서 고스란히 전수 받으면서 그대로 익혔기 때문일 것이다.

또한 굿은 억압 속에서도 민중의 사랑을 끊기지 않고 받은 서민의 의미 있는 의식이기도 하다. 그런데 남산에 국사당이 있고 무악재에 사신당이 있는 것을 보면 옛날 조선시대에도 나라에 큰 일이 있을 때면 굿을 했었던 듯하다. 국사당과 사신당이 언제부터 그 자리에 있었는지 모르겠으나 나라에 큰 일이 있을 때는 굿을 했었던 것만은 분명하다.

일제 강점기와 박정희 대통령 시절 새마을 운동이 부흥하면서 굿이 미신으로 홀대 받고 쫓겨나다시피 했으나 그 모습이 조금도 변하지 않고 계속 이어져 온 것을 보면 한국인에게 굿은 삶의 마지막 피난처가 되어준 것이 아닐까하는 생각이 든다.

새마을 운동으로 살기가 좋아지면서 시골의 초가집이 간데없이 사라진 것에 비해 굿당은 깡그리 없어지지 않은 것도 참 불가사의하다. 그만큼 굿은 서민들 슬픔의 마지막 보루였고 고통을 극복하는 최후의 장소는 아니었을까.

그렇게 명맥을 이어오다 80년대부터는 우리의 굿을 보존하자는 운동이 일면서 무당의 존재가 부상되고 그에 따라 굿은 문화유산으로까지 대접받는 처지가 되었다.

하회별신굿, 은산 별신굿, 새남굿 등 수많은 굿이 중요무형문화재로 등재되고 그에 따라 굿을 하는 무당들도 중요무형문화재로 지정되어 대접을 받게 되었다. 그뿐인가. 강릉단오제는 유네스코 세계무형유산으로 지정받아 세계인들이 보호하고 아끼는 문화유산이 되었으니 이쯤 되면 굿은 이제 한국인의 무형자산으로 정신적 긍지가 되어주기도 한다.

굿을 하면 할수록 굿의 매력에 빠져든다.

정해진 순서에 따라 신령님을 모시고 질펀하게 굿판을 치른다. 그렇게 굿을 하고나면 굿이 끝나는 게 아니다. 맨 마지막 단계는 굿판에 있던 사람들이 돌아간 연후에 무당들만 참여해 마지막 단계로 뒷전거리를 한다.

이 뒷전거리는 늦게 오시는 조상님들을 위한 서비스 상이기도 하다. 말하자면 한국의 굿은 아주 인간적이다. 비록 잡신이지만 내치지 않고, 그들도 함께 발을 붙이며 우리와 살 수 있도록 배려하는 것이다. 세상에 이렇게 모두를 껴안는 인간적인 의식이 또 어디에 있을까?

굿할 때 무당이 입는 옷은 아주 화려하다. 산 이를 위하는 굿이건 죽은 이를 위한 굿이건 무당은 가장 화려한 의상을 입고 최고 예우로 신령님을 모시고 인간의 삶과 죽음을 의뢰하는 아름다운 의식이다. 무당은 사람이 할 수 있는 지고지순하면서도 최고의 극진함으로 신령을 부르고 인간과의 화합과 상생을 도모한다. 이 절대의 의식이 바로 굿이다.

굿의 이러한 예의, 정성, 사랑, 기원이 있는 축제는 한국 외에 그 어느 나라에도 없다. 이토록 깊은 뜻이 있으니 온갖 어려움 속에서도 변하지 않고 면면히 이어지고 있는 것이다.

내 아들 비보이

남들과 다리가 다르다니요?

아버지는 묘한(?) 버릇이 있으셨다.

묘한 버릇이라는 표현이 어울리는 말은 아니지만 딸들이 아이를 낳았다는 소식을 들으면 병원으로 득달같이 오셔서 갓 태어난 아이를 머리부터 발끝까지 꼼꼼하게 살펴보시는 것이다. 셋째인 내 경우도 큰 아들, 딸, 그리고 두 번째 결혼에서 낳은 상훈이 까지 예외는 아니었다. 두 번째까지는 무사통과였는데 세 번째는 비상이 걸렸다. 갓난아기를 꼼꼼히 살피던 아버지의 표정이 일그러졌다. 아기가 이상하다는 것이었다.

"아기 발목이 아무래도 이상하구나. 의사에게 알려야겠다."

아버지 말에 아기 발목을 보니 다른 쪽과 조금 다른 듯했다.

외할아버지의 눈에 잡힌 상훈이의 한쪽 발이 다른 쪽에 비해 짧은 것이 발목장애였다. 상훈이의 발목을 고치기 위해 생후 6개월 때부터 수술을 하는 고통을 겪어야했다. 아버지는 당신의 손주 중에 누군가가 장애를 갖고 태어나리라는 예감이 있으셔서 그렇게 살피셨는지도 모른다. 그런데 그 예감의 당사자가 상훈이라면 엄마로서 그 애에게 원죄를 지은 셈이다.

태어난 지 반년이 지나면서부터 받기 시작한 수술은 한번으로 끝나지 않고, 커가면서 여러 번 수술을 받아야했다.

"상훈아 너는 김상훈이 아니고, 돈상훈이야, 알았냐?"

라고 수술에 들어간 돈을 이야기했으나 그건 그 애에게 미안한 마음을 달리 표현한 것이다.

아기들은 연약해보여도 참으로 강인하다. 그 여리디여린 발목에 여러

상훈이 다리 수술을 받은 직후의 모습

상훈에게 다리를 많이 쓰는 운동을 가르쳤다.

번 칼질을 하고, 교정을 위해 무거운 의족을 신겨도 참 잘 견뎠다.

생명은 위대하다. 바위틈을 비집고 나와 풀이 자라고 꽃이 피는 것을 보고 경탄한 적이 있는데, 내 아들 상훈이가 무거운 의족을 하고도 뒤뚱거리며 한발 한발 걸음마를 떼는 것을 보면서 정말 끈질긴 생명력을 느꼈다. 오른발과 왼발의 신발 크기가 달라 불편했을 터인데도 아이는 자신이 앞으로 걸어 나갈 수 있는 것이 신기한지 엎어지면서도 걷는 일을 좋아했다.

상훈이는 유치원 때까지 의족을 신고 걸어야했으니 참으로 오랜 기간 무거운 의족을 견디면서 두 발로 온전히 설 수 있는 힘을 길렀다.

그렇게 발목 장애를 갖고 태어난 아들이 어느 날 춤을 추는 모습은 나에게 경이로운 충격이었다.

그것도 격렬하기 이를 데 없는 비보이라니.

그 아이는 어떻게 그렇게 춤을 잘 출 수가 있는 것일까?

나처럼 그저 서서 덩실덩실 추는 무당춤하고는 비교 할 수 없을 만큼 엎어지고 자빠지고 빙그르르 돌면서 춤을 춘다. 아이는 언제 그렇게 춤추는 연습을 했을까. 나에게 그 의문은 '그것이 알고 싶다' 프로처럼 한 번 파헤쳐보고 싶을 만큼 궁금하기도 하다.

하라는 공부는 하지 않고 그렇게 집밖으로 나다닌 것은 분명 춤 때문이었다. 엄마는 신이 올라 열쇠꾸러미와 책받침을 들고 춤을 췄는데 아들은 손에 드는 것도 귀찮아 그냥 막무가내로 춤만 췄을까?

상훈이가 비보이가 되고, 그 춤으로 대학에 들어가고 난 후의 일이다.

아이가 이모에게 자기는 춤이 없었다면 외로움으로 미쳤거나 죽었을지도 모른다는 말을 했다는 이야기를 듣고 나는 가슴으로 울었다.

"아, 네가 그래서 그렇게 격렬한 춤을 추었구나. 훈아 미안해. 정말 미안하고 고맙다. 네가 비보이가 된 것은 신령님의 도우심 때문이다. 고맙다. 아들아."

아들이 춤을 통해 외로움을 극복했다는 사실은 나를 울렸고, 그리고 이 세상에 춤이 있다는 것에 감사했다.

큰 아들의 죽음

걸프전이 일어났던 해다.

그 즈음은 남대문에서 시계장사를 할 때고, 나 자신이나 주변에서는 알지 못했으나 막 신이 들려 춤을 추듯이 총채를 휘두르며 가게 청소를 하던 시기이기도 하다.

그런 어느 날이었다. 남대문에서 가게를 하는 작은 언니한테 커피를 마시자는 전화가 왔다. 헌데 그 전화의 느낌이 이상했다.

"왜 커피 마시자는 거야?"

'할 말이 있어.'

한 걸음에 뛰어갔더니 언니가 대뜸 말했다.

"한석이가 아파 입원했단다. 많이 아프다고 하니 어서 가봐라."

왜 할머니는(시어머니) 나에게 전화를 하지 않고 언니에게 했을까, 그런 생각을 하면서 나는 통합병원으로 달려갔다. 나는 언니에게 병실이 몇 호인지 묻지 않았으므로 원무과로 갔다.

"유한석이 입원한 병실이 몇 호죠?"

원무과 직원은 입원환자 명단을 보다가 고개를 갸웃하고는 없다면서, 다시금 살펴보더니,

"…영안실로 가보세요."

했다. 그 말을 듣는 순간 하늘이 노래지고 온 몸에서 힘이 빠지면서 주저앉고 말았다.

아니 열세 살 초등학교 6학년 내 아들이 왜 영안실에 있다는 말인가.

영안실로 가니 할머니가 울고 있다가 나를 보시더니 쫓아와 나를 부둥켜 안았다.

"미안하다, 내가… 내가…"

집에 불이 나 연기에 질식해 죽었다니 도무지 믿을 수가 없었다.

나는 시체를 보지 않고는 믿을 수 없다며 애를 보여 달라고 했다.

냉동실에 있는 아이를 보는데, 눈을 감고 있던 애가 갑자기 한쪽 눈을 뜨더니 다시 감았다. 남이 들으면 믿지 못할 지도 모르겠으나 분명 아이가 한쪽 눈을 뜨고는 다시 감는 것을 보았다. 헌데 그 모습을 보는데 갑자기 소름이 쫙 끼치면서 무섭다는 느낌이 왔다. 나는 얼른 그곳을 나왔다. 죽은 사람은 정을 뗀다더니 죽은 아이 모습에서 나는 전율하듯이 온 몸에 소름이 돋았다.

첫 남편이 재혼하면서 할머니는 손자와 손녀가 새엄마 밑에서 자라는 것을 반대하면서 새 집을 지어 그 애들과 셋이 살았는데 딸 애 방 커튼에 불이 붙으면서 어째볼 틈도 없이 삽시간에 불이 번져 아들이 미처 피하지 못하고 연기에 질식한 것이었다. 손자와 함께 주무시던 할머니는 '불이야!'하는 소리에 잽싸게 일어나 물 호스를 열려다가 넘어졌고, 그

틈에 딸아이는 빠져 나왔다. 자고 있던 아들이 미처 나오지 못한 사이에 불이 번졌고 소방관이 애를 데리고 나와 병원으로 옮겼을 때는 이미 질식해 숨이 멎은 뒤였다.

연기에 질식해 죽었는데도 경찰서에서는 아이의 시신을 부검해야한다고 했다. 의혹이 없는 죽음인데도 해부해야한다니 산자들은 속수무책이었다. 그리고 연기에 질식했음이 확인되자 경찰서에서는 장례를 치러도 된다는 허가가 나와서 장례식을 치를 수 있었다.

화장을 치르는데 너무 원통해 관이 불구덩이로 들어가는 것을 막아섰다. 어디에서 그런 힘이 나왔는지 다른 사람들이 뜯어 말려 관은 겨우 불 속으로 들어 갈 수 있었다. 나는 그때 생전 처음으로 서서 오줌을 쌌다. 화장장이는 열세 살 어린애인데도 애가 나이보다 아주 크다며 장군 골이라는 말을 했다. 나는 정신을 차리고 뼈를 뽑는 사람에게 사정해 그 애 뼈 두 개를 살짝 몰래 얻어냈다. 그리고는 남편과 내가 한 개씩 나눠 가졌다.

할머니는 우리가 살짝 그 애 뼈를 얻어 갖고 있다는 말을 들으시더니 화를 내면서 빨리 물에 버리라고 성화셨다. 뼈를 갖고 있으면 편히 천국을 가지 못한다는 말에 겨우 사정해 얻은 아들의 뼈를 뼛가루 뿌리는 강물에 던지면서 잘 가라는 인사를 했다.

나는 그 애와 두 살 때 헤어졌으니 나아만 놓았을 뿐 엄마노릇은 하지 못하고 11년 후에 죽음으로 다시 만나 영영 이별을 하고 말았다.

한 맺히는 사연.

그렇게 큰 아들을 보내고 그 집에 일주일동안 머물렀다. 할머니와 그 애 짐을 정리하는데 일기장이 나왔다.

일기장에는 엄마를 그리워하는 대목이 많이 있었다.

초등학교 5학년에 막 올라가 쓴 일기에는 '이제 떡국을 두 번 먹으면 엄마를 만날 수 있다'고 쓴 글을 보고 할머니에게 이게 무슨 뜻인지를 물었다.

할머니는

"내가 한석이에게 중학교에 들어가면 엄마를 마음대로 만날 수 있게 해준다고 했더니."

하시면서 서럽게 우셨다.

그 애는 유난히 떡국을 좋아했다. 그러면서 떡국을 먹으면 나이를 한 살 더 먹는 것이라면서 떡국은 설날에만 먹는 음식으로 알았다고 했다.

할머니는 첫 손자인 한석이를 유난히 좋아했다. 그러니 눈에 넣어도 아프지 않을 손자를 새엄마에게 눈치 보면 자라지 않게 하기 위해 새 집을 짓고 아이들과 살았는데 3년을 넘기지 못하고 그런 불행을 겪었으니 새 집을 짓고 삼 년은 조심해야한다는 말이 그냥 나온 말이 아닌가보다.

할머니는 그렇게 일찍 갈 줄 알았으면 그리도 만나고 싶어 하는 엄마를 맘껏 만나게 해줄 걸 하면서 눈물을 내내 흘렸다.

나 역시 마찬가지였다.

쌍둥이 동생이 그 집 근처에 살고 있었으니 작정만 하면 그 애들을 만날 수 있었다.

아니 만나지 않은 것은 아니다. 동생을 통해 딸과 아들을 불러 내 만났었다. 한번 만나니 자꾸 보고 싶어 며칠 지나 다시 만났는데, 그 애들 종아리에 회초리 자국이 뚜렷하게 남아 있었다.

"엄마 만났다고 할머니가 때리시든?"

아이들이 고개를 끄떡이는 것을 보고 내 마음을 맵게 다잡았었다. 아이들이 할머니와 살면서 부모의 정 대신 할머니의 정으로 사는데 할머니에게 매를 맞는다는 것은 아이들의 마음에 득이 되지 않을 거라는 생각이 들었다.

그 후론 먼발치에서도 아이들을 보는 일을 하지 않았다.

아이가 태어나면 엄마와 연결되어 있던 탯줄을 자른다. 태어나면서 이미 엄마와 아이는 갈라서는 것이고 각자의 운명을 살게 되는 것이다.

아이들과 헤어지게 된 것은 나와 아이들의 운명이 그렇게 생겨 먹어서 그런 상태가 되었을 터인데 굳이 역행하면서 억지로 만날 필요가 없다는 생각에 내 스스로 단호하게 그리움을 잘라 버린 것이다.

그런 일이 있은 다음부터 본격적으로 신병을 앓은 셈이다. 내 신병은 춤으로 왔다. 시름시름 이유 없이 앓는 게 아니라 미친 듯이 춤이 추고 싶어서 어느 날은 밤새도록 춤을 추기도 했다. 그러면서 두고 온 아이들을 향한 그리움을 털어 버리고 상훈이에게 향한 연연함도 털어냈다. 인간은 태어나면서 이미 부모를 떠나는 것인지도 모르는데 내가 낳았다고 연연해하면서 살 필요가 없다고 스스로에게 채찍질을 했었다.

할머니는 손자를 잃으신 후 죄의식에 시달리시는 듯했다. 할머니는 그럴 때마다 나를 찾아오시곤 했다.

가끔씩 할머니가 남대문에 나오시면 나는 할머니와 식사를 하면서 손주들에게 너무 잘하시지 않는 게 좋다는 말도 했다. 또 그동안 한석이에게 준 사랑은 평생 하실 몫을 13년에 몽땅 주신 것이라고 위로했다.

"이제 어머니는 잡숫고 싶으신 것 드시고 옷도 해 입으세요."

정말 나는 간절하게 말했다. 애가 하늘나라에 간 후 그 집에 갔을 때 할머니는 내가 그 집에 있을 때 입었던 옷을 입고 계셔서 정말 놀라고 말았다. 돈도 있으신 분이 그렇게 아껴 손주들에게 지극정성으로 해봐야 가슴에 한만 맺힌다고 아무리 말해도 할머니의 죄의식과 맺힌 한이 풀어지기란 쉽지 않았다.

백련사에서 죽은 아들의 49제를 지냈다. 그때 백련사 주지 스님이 나에게 보리수나무로 만든 염주를 주셨다.

"꼭 필요할 때가 있을 겁니다."

그 후 나는 무당이 되어 이북굿을 할 때 그 염주를 목에 걸고 굿을 했다.

귀신 잡는 엄마

살아가면서 내가 할 수 있는 일과 할 수 없는 일이 있음을 알게 되었다.

세상의 모든 엄마가 그러하듯 나도 아이를 낳으면서 좋은 엄마노릇을 하고 싶었다. 내 부모만큼은 못하더라도 할 수 있는 한 아이를 위해서 최선을 다하고 싶었으나 그 소원만큼은 신이 허락하지 않았다.

두 살 때 떼어놓고 나온 큰 아들의 죽음은 나를 더욱 위축시켰다. 그래서 상훈이에게는 먼저 하늘나라에 간 아이 몫까지 합쳐서 잘해주고 싶었는지 상훈이 어릴 때에는 그 애가 할 수 있는 모든 것을 해주려고 했다.

생후 6개월부터 시작한 다리 수술은 효과가 있어 유치원에 다닐 때까지 한 의족은 초등학교에 들어가면서는 벗어도 되었으며 남이 보면 상훈이의 다리는 정상으로 보이기도 했다. 그러나 내 눈에는 상훈의 다리가 완전 정상이 되었다는 생각이 들지 않아서 몸으로 하는 일보다는 정신이랄까, 마음으로 할 수 있는 일을 하면서 살기를 원했다.

소질이 있다면 예술 쪽의 일을 하면 좋겠다는 생각에서 상훈에게 클라리넷을 가르쳤다. 다행히 곧잘 따라해 클라리넷을 배운지 몇 개월 후에는 독주회를 갖는 도전도 감행했다. 허나 그것은 감수성이 있는 어린이라면 그 정도는 해낼 수 있는 일로 그 방면에 소질이 있는 것은 아닌 듯 아이는 더 이상 그쪽 일에 관심을 보이지 않아 에미의 열성이 빚은 결과로 끝나고 말았다.

학교 문제로 상훈이가 이모 집이나 내 친구 집에서 생활하기도 했으니 나의 씻을 수 없는 과오이기도 하다. 그러면서 아이는 절대로 부모 뜻대로만 되지 않는다는 것도 알게 되었다. 우리 부모님께선 언제 내가 무당이 되기를 바랐겠는가.

상훈이는 중학교에 들어가면서 나와 쌍둥이인 이모 집에서 살았는데 이때부터 가출하는 일을 시작했던 듯하다. 제 딴에는 춤을 추고 싶어서 가출, 소위 날아다니는 일을 했는데 내 동생은 그렇게 날아다니는 일을 밥 먹듯이 하는 것이 에미 탓이라는 생각을 했다.

상훈이의 고교 졸업식

"언니, 상훈이가 집을 자꾸 나가는데 언니가 좀 어떻게 해봐."

하면서 내가 데리고 살면서 살갑게 신경 쓰기를 원했다. 하지만 그 즈음은 굿하는 일도 많고, 같이 산대도 이모만큼 신경을 써줄 상황이 아니었다. 그래도 문제가 있으면 해결하고 정 안되겠으면 내가 데리고 있어야했다.

"너 그렇게 자꾸 날아다니는 이유가 뭐야?"

"방에 자꾸 귀신이 있어서…"

상훈이는 집을 나가는 이유를 춤추고 싶어서라고 말하지 않고 귀신으로 돌렸다.

"그래? 엄마가 귀신 잡는 무당인데 니 방 귀신을 때려잡아야지, 어서 가보자."

내가 그 애 방으로 가 어디서 귀신이 나오느냐고 다그치자 말을 하지 못하고 우물거리기만 했다.

"또 나오면 엄마가 와서 때려잡을 테니까, 언제라도 말만해. 그리고 앞으로 귀신 핑계대고 집 나가면 혼날 줄 알아."

그 후부터 귀신 핑계는 대지 않았으나 날아다니는 일은 계속되었다.

그것을 지켜보던 내가 한번 폭발했다. 꽤 쌀쌀한 초가을 저녁이었다.

"니가 엄마를 수없이 버리고 날아다녔는데 오늘은 내가 너를 버릴 차례다. 옷 다 벗고 나가!"

상훈이에게 팬티만 입게 하고 나가라고 등을 떠밀었다.

"오늘은 하나 밖에 없는 아들 내가 버린다."

"잘못했어요."

상훈이가 비는데도 밖으로 내보냈다. 덜덜 떨다 들어온 아이를 못본 체 했는데 그게 주효했던지 그 후 날아다니는 일이 뜸해졌다.

그러니 공부는 당연히 뒷전이니 성적이 형편없는 것은 당연했다. 내 느낌으로 나쁜 친구들과 어울리는 것 같지는 않고 불량하지도 않는데 자꾸 집을 나가므로 하는 수 없이 아이를 집으로 데리고 왔다. 공부 쪽이 아니면 군이 공부를 억지로 시킬 필요가 없다고 생각해서 성적에 대해서는 나무라지 않았으나 내심 걱정은 되었다. 애가 뭐가 되려고 저렇게 공부는 하지 않고 밖으로만 도는지 당최 감이 잡히지 않았다.

지하철에서 만난 아들

아들이 밥을 먹다가 후다닥 일어나 몸을 비틀고 휘익 한 바퀴 돌고 쓸어졌다 엎어졌다하면

"야, 밥먹다 말고 뭐하는 거야. 빨리 밥먹어."

하고 나무라면서도 그 애가 춤을 춘다는 것은 알지 못했다.

그러면서도 나처럼 신이 들어왔나 내심 가슴이 철렁했다. 친정아버지와 나에 이어 아들에게까지 신이 내렸다면 정말 난감하고 걱정된 일이었다. 그럴 리는 없다고 마음으로 부정하면서 아들을 유심히 관찰해보면 아이가 신이 올라 그런 것 같지는 않았다.

상훈이는 내가 굿을 하고 나면 자기도 춤을 추기도 했는데, 그 춤은 무당춤도 아니고 도통 알지 못하는 기괴한 춤사위였다. 그때쯤에는 그 동작이 춤이냐, 아니면 뭘 의미하는 해프닝이냐고 물었어야했다. 하지만 꼬치꼬치 따져 묻지 않고 그냥 내버려뒀다. 그러면서도 다리가 멀쩡하게 다 나았으니 저렇게 두 다리를 흔들고 몸을 비비 틀고 유연한 동작을 한다고 생각해 다행한 마음이 들었다. 그나마 일찍 손을 써서 몸이 완쾌된 것만으로도 다행이고 고맙게 생각했다.

그리고 그 동작이 춤이라면 그것은 유전자에 속하는 내력이라는 생각도 들었다.

나와 쌍둥이 동생은 춤을 잘 추었다. 작은 언니는 우리를 위해 크리스마스나 설날에는 무용발표회를 하도록 해 주었다. 정미소에 포목점 천으로 무대를 만들고 당구장에 있는 파란색 초크를 가져와 눈두덩이를 새파랗게 발라주고 엄마 입술연지를 가져다 발랐다.

또 작은 언니는 우리들의 로비스트였다. 극장에 들어가는 아저씨에게 말을 잘해 우리들 손을 잡고 들어가 영화를 보게 해 주었다.

언니가 기획사를 했다면 지금보다 더 잘나가는 엔터테이먼트 대표가 되었을 것이라는 생각을 하면서 웃었는데 그 유년의 무용발표회는 잊을

학예회 때마다 춤을 췄으니 우리 모자는 춤추는 인생이다.

수 없는 추억이다.

내가 상훈이가 비보이라는 것을 안 것은 일산에 있는 주엽역 지하철 역사 안에서다.

일산에 갔다가 지하철을 타려고 지하로 들어갔는데, 사람들이 모여 있어서 무슨 일인가 싶어 그 쪽으로 갔다. 그곳에는 몇몇 십대 아이들이 이상한 동작으로 격렬한 몸짓을 하고 있었다. 폼은 춤인데 정말 이상하고 요상한 몸짓으로 몸을 흔들고 춤을 추는데 서커스 단원들보다 더 유연한 몸동작으로 보였다. 뭔지는 모르겠으나 정말 유연하게 잘 움직이고 사람들은 환호를 보내며 그들을 보는 것이었다. 그런데 자세히 보니 그 아이들 중에 상훈이가 있었다.

"쟤가 미쳤나? 이런 데서 거지같은 꼴을 해가지고 춤을 추다니."

상훈이는 엄마가 보고 있다는 것도 모르고 동작에 빠져 춤을 추는데 몸동작이 장난이 아니었다. 식초를 먹고 유연한 몸을 만든 서커스 단원처럼 마치 뼈 없는 연체동물처럼 춤을 추는 게 아닌가.

춥고 좁은 지하철역에서 춤추는 모습이 안쓰러웠으나 모른척하고 그 곳을 나오면서 생각했다.

"무당은 좁은 암반 위에서도 춤춰야하고 날카로운 칼 위에도 올라야 하는데 뭐, 내버려두자 .그래, 그냥 내버려둬야 해."

사람은 자기가 하고 싶은 일을 하고 살아야하니까 상훈이도 춤을 추면서 살아도 상관없다는 생각을 했다. 허나 그 이상한 춤을 추고 살면서 밥은 해결할 수 있을 지는 의문이 들어서 비보이를 업으로 삼지 않고 취미생활로 하는 게 좋겠다는 생각을 했다.

엄마가 퇴학을 시키다

상훈이 공부 쪽이 아닌 것은 분명해졌다. 머리가 나쁘지는 않은데 공부를 하지 않으니 성적이 바닥인 것은 자명한 일이다. 더욱이 춤을 추느라 학교에 가지 않는 일이 생기니 학교에서는 골치가 아픈 학생임도 틀림없을 것이었다.

나는 아들이 날아다니는 이유를 알았으니 그 일을 가지고 문제 삼지는 않게 되었다.

결석이 잦아지자 학교에서는 엄마를 호출했다.

나는 담임선생님께 사정하는 대신 당당하게 말했다.

"선생님, 상훈이를 퇴학시키시는 게 좋지 않을까요?"

선생님이 이런 엄마는 처음 보았다는 듯이 나를 바라보았다.

"다른 아이들에게 방해가 되니까요."

선생님은 어이없어하면서도 내 뜻을 이해해주긴 했다.

그래서 상훈이는 자퇴형식으로 다니던 학교를 그만두고 다른 학교로 전학시키기도 했다.

그렇게 전학을 두 번 시키면서 고등학교에 들어가는 과제가 남았다. 고교 진학을 하되 인문계 학교는 적합하지 않다는 생각이 들었다. 성적도 그렇고 꼭 공부로 대학을 가지 않을 바에는 전문성을 가진 공고나 상고가 나을 듯했다.

선생님께 상훈이를 공고에 보내겠다고 하자 선생님은 상훈이 정도면 인문계 고등학교를 갈 수도 있다는 말을 하면서 다시 한번 생각해 보라 했다.

하지만 나는 아니라는 뜻으로 고개를 저었다. 그래서 상훈이가 진학한 학교는 광운 공업고등학교다.

고등학교에 진학한 상훈이는 본격적으로 비보이 활동을 시작했다. 힙합동아리 '난장판 크루' 멤버로 퍼포먼스 대회를 나가 우승을 많이 하면서 본격적인 비보이가 되어갔다.

상훈이와 함께 춤을 추는 비보이 아이들은 춤은 추고 싶은데 연습실이 없으니 떠돌이처럼 떠돌면서 닥치는 대로 연습을 했고, 많은 대회에 참가하면서 차츰 이름을 알렸다. 나는 그애들에게 연습실을 마련해주고 싶었으나 그 애들이 자생력을 갖추려면 그렇게 떠돌면서 연습하고 대회에 출전하는 것도 괜찮다는 생각을 해 내버려두기로 했다.

상훈이는 엄마의 허락아래 맘껏 춤을 추게 되어서인지 중학교 때보다는 날아다니는 일이 적어졌다. 그리고 성격도 밝아지고 멋을 차츰 알아가 옷, 모자, 신발을 맞춰 하는 토탈 패션에 나름의 일가견을 갖기 시작했다.

고교생인 아들에게 한 달 용돈으로 오만 원을 주었다. 그 돈으로 옷을 해 입고 모자를 사고 신발을 사는데 한참 모자랄 텐데도 달리 손을 내밀지 않았다. 그 애는 손을 내밀지 않는 대신 아르바이트를 시작했다. 동대문 옷가게에서 일용직 점원으로 일하기도 하고 밀리오레에서 밥 나르는 일을 하기도 했다. 그러면서 열심히 비보이 대회에 나가고 참 많은 상을 타왔다.

그러다가 상훈이 집을 나갔을 때 아예 방을 얻어줬다.

동대문에서 아르바이트를 하니 그곳과 가까운 창신동에다 이백만 원에 집을 얻어주고 비보이 친구들이 올 테니 이불 두 개 베게는 네 개 숟가락은 열 개를 장만해줬다. 나중에 알고 보니 상훈이는 친구들과 함께 돈을 추렴해 한 달 생활비를 마련하고 아르바이트나 대회에 나가 받은 상금으로 생활비를 보태 그렇게 궁색한 생활은 하지 않았다고 했다.

"상훈아, 지금은 그렇게 아르바이트로 산다고 치자. 그런데 너 장가가면 그 일로 처자식 먹여 살릴 수 있겠냐?"

"걱정 마요, 다 먹고 사는 수가 있다구요."

"너, 엄마한테 손 내밀 생각은 아예 하지 마. 우리 돈은 누구 꺼라고 했지?"

'신령님꺼. 내가 벌어 살 거니까 걱정하지 말라구.'

아들이 어려서부터 우리가 가진 돈은 신령님 돈이라는 걸 귀에 못이

대학생이 된 아들과 모처럼의 외국 나들이

굿이 끝나고 아들의 뒷풀이 춤

박히도록 말을 해 상훈이는 언제나

"이 돈 누구꺼지?"

하면 언제나

"신령님 돈."

이라고 대답했고 그것은 지금도 마찬가지다.

비보이로 대학에 합격하다.

상훈이는 공고에 다니면서 학교 공부는 뒷전이고 비보이 활동, 아르바이트로 바쁜 고교 시절을 보냈다. 그러고도 대학에 당당하게 합격했으니 나는 그 사실을 큰 소리로 알리는 것으로는 부족해 마이크라도 대고 나팔이라도 불고 싶었다.

"우리 상훈이 대학에 합격했어요."

그런데 이 말을 들은 사람들은 믿지 않는 듯했다.

외할머니나 이모들은 비보이 활동으로 서일대학에 합격했다니까 반신반의 하다가도 뛸 듯이 기뻐하면서 신령님이 도우신 거라고 누구보다도 기뻐하며 축하해줬다.

내 속으로 신령님이 기특해서 도와는 주셨겠지만 대학은 상훈이 실력으로 들어갔다는 생각이 들어

"이 일만은 신령님이 아니라 상훈이 지 실력으로 들어갔다니까요."

이렇게 반박하고 싶기도 했으나 그냥 넘어갔다.

헌데 주변 사람들은 잘 믿기지 않는지 내가 합격소식을 알리는 데도 별다른 반응을 보이지 않아 합격통지서를 들고 흔들면서 말하기도 했다. 내 맘 같아서는 상훈이 대학 합격통지서를 복사해 하나씩 돌리던지 대문짝만하게 확대해 붙여놓던지 해야 할 것 같다는 생각조차 들었다. 아무튼 아들은 대학에 합격함으로서 나에게 효도를 왕창했고, 나는 법당에 앉아 신령님께 감사하다는 말을 수없이 되풀이했다.

　상훈이는 비보이 활동이 인정되어 서일대학 레크레이션 학과에 특기생으로 입학했다.

　예전이라면 또 몰라도 지금은 참 좋은 세상인 것만은 사실이었다. 상훈이가 예전에 태어났다면 대학 문턱에나 가볼 수 있을 것인가. 나 역시 춤 하나로 대학에 갈 수 있다는 것을 상훈이 경우를 통해 알았다.

　"야, 상훈아, 네가 비보이로 대학에 가서 물어 보는 건데 무당춤으로는 대학 갈수 없을까?"

　"왜, 엄마도 대학 가려구?"

　"무당춤으로 통과시켜준다면 엄마는 대번에 합격 아니겠니?"

　"맞아, 엄마가 춤은 짱이니까."

　"너 엄마한테 고마워해야 해. 춤 솜씨는 이어받은 것 아니겠냐구."

　"알았어. 무당 아들인 거 고마워할게."

　누가 들었으면 그 엄마에 그 아들이라고 했을 것이다.

　그렇게 합격의 기쁜 소용돌이가 지나고 났을 때였다.

　어깨가 펴지고 좀 더 당당해진 상훈이가 어느 날 슬쩍 내 곁에 오더니 속삭이는 말로 물었다.

　"엄마, 여자하고는 어떻게 자는 거야?"

선덕여왕을 위한 기도

나는 아무 말도 하지 않고 지갑에서 십만 원을 꺼내 주면서 작은 소리로 말했다.

"이 돈으로 청량리에 가. 거기에 색시 촌이 있으니까. 거기에서 해답을 찾으라구.."

상훈이가 돈을 받고 그 일은 언제 실행했는지는 모른다.

어쨌든 그 후유증으로 아들애는 곰팡이 균을 옮아와 그 녀석 사타구니에 때 아닌 DDT를 뿌리는 소동을 벌여야했다.

돈만 주고는 어떤 기구를 사용해야한다는 말을 미처 일러주지는 못했으니 아들애의 말 못할 고생은 현명하지 못한 에미의 침착하지 못함에서 파생된 것이다.

그전에도 그런 일로 아들과 나는 작은 소란이랄까, 우리만의 비밀스러운 말들도 거침없이 하곤 한다. 그건 상훈이가 화장실에서 너무 늦게 나올 때의 일이다.

"야, 너 지금 거시기하지? 그러려면 손 깨끗이 씻고 해야 해. 알았냐?"

한참 있다 나온 상훈이 왈

"참, 엄마라고 아들한테 그런 말을 하시다니 점잖지 못하십니다 그려. 쯧쯧."

"야, 그건 생리작용이니까 나쁜 게 아니고 해도 되는데 문제는 청결이 거든, 손 깨끗이 씻고 또 씻는 것 잊지 말라고 하는 말이라구."

그리고는 내가 상훈이 아래를 툭 치면 아들은 기겁을 해 제 방으로 내빼곤 했다.

아들의 치성

상훈이는 대학 다닐 때 나에게 두 번 치성을 드렸다.

처음에는 다친다는 공수가 나와 아들에게 그 말을 했더니, 그럼 어떻게 해야 하느냐고 물었다.

"뭘 어떻게 해, 신령님께 치성을 드려야지."

"그럼 엄마가 드려줘요."

"돈을 내야 드려주지. 그냥 맨입으로는 안 되는 거야. 그것도 니가 번 돈으로 드려야 효과가 있는 거야."

"얼만데요?"

"아들이니까 봐줘서 삼십만 원."

'우와 그렇게 비싸요? 좀 깎아줘요."

"야, 치성비 깎으면 하나마나야. 내키지 않으면 관둬."

"…공수가 그렇게 나왔다는데…. 할 게요. 이번에 하는 아르바이트 다녀오면 그건 돼요."

"알았어. 돈 가지고 오면 해줄게."

나는 아들에게 정성을 드리면 어려운 것을 면할 수 있고 소원도 들어줄 수 있다는 것을 알려 주고 싶어서 그런 말을 했는데 보고 들은 것이 있어서인지 하겠다고 했다.

아침 6시에 스키장에 가는 사람들을 위해 청량리에서 태백까지 오고 가는 기차 안에서 게임을 하고 상품을 주는 이벤트 아르바이트를 맡았는데, 내가 말한 액수의 돈을 받는 모양인지,

"참 신령님은 내가 버는 것도 아시나봐."

하면서 다녀와서 하겠다고 했다.

아들은 정말 다녀와서 내게 삼십만 원을 내밀었다.

"어떻게 하는 거예요?"

"내가 치성 드리는 옆에서 끝날 때까지 절해야지"

"알았어요."

나는 일부러 오래 기도를 했다. 돈만 내는 게 아니라 치성은 정성이 들어가야 한다는 것을 그 애에게 알려주고 싶었기에 다른 치성보다도 긴 시간을 끌어가면서 치성을 드렸는데 상훈은 시키는 대로 연신 절을 했다. 다 끝났을 때 아들은 치성 드리는 일이 춤추는 일보다 힘들다는 말을 했다.

"공짜는 없어. 특히 신령님한테는 더더욱 없어. 다 아시는데 어떻게 적

비보이 하는 아들과 친구들

월드컵 성공기원 굿을 마치고 아들과 기념사진

「뱃사공 손돌」 출연을 위해 연습하는 비보이들.

어디서든 춤을 추는 상훈

당히 하냐. 그렇게 하면 하나마나야."

우리 모자의 정성 때문이었는지 그 해 상훈은 무탈하게 지나갔다.

두 번째는 상훈이가 운전면허 시험을 치를 때였다.

아들은 책 보는 걸 싫어하는데 필기시험이 있으니 난감했던 모양이고, 두 번 필기시험에 떨어지고 보니 야단났다 싶었던 모양이었다.

"엄마, 어떻게 하면 붙을까?"

'치성을 드려야지.'

"얼마에 해주실래요?"

"아들이니까 특별히 싸게 해 삼십 만원."

어이쿠, 신음 소리를 내면서도 상훈은 깎아 달라는 말을 하지는 않았다.

"징소리 끝날 때까지 잘 보게 해달라고 절하면서 빌어."

"잘 찍게 해달라고 빌어야지."

며칠 후 아들이 삼십만 원이 든 봉투를 내밀었다.

그 때도 먼저처럼 다른 사람보다 길게 주문을 외우고 징을 두들겼다. 아들은 치성이 끝날 때까지 연방 절을 하면서

"잘 찍게 해 주세요"

를 주문처럼 외웠다.

다 끝난 후 나는

"그래도 책을 읽어야 신령님이 도와주셔."

단호하게 말했다.

그리고는 오방기를 뽑게 했는데 아들은 빨간 깃대가 나오자 그 깃대를 들고 이 방 저 방으로 뛰어 다니면서

"와아 빨간 깃대 뽑았으니 됐다, 됐다."

하면서 좋아했다.

정성 때문인지 운이 좋아 찍기를 잘해서인지 운전면허 시험에 붙고는 신령님 모신 법당에 들어 가 향을 피우고 절을 했다. 나중에 아들은 사지선다형 문제 찍기를 기똥차게 잘했다고 말하면서 치성 값 삼십만 원을 아까와 하지 않았다.

그때쯤 용돈을 올려주지 않았으니 아들은 반년 치 용돈에 해당되는 돈을 제 손으로 마련한 셈인데, 상훈은 대학 때 아르바이트를 많이 했으므로 그 돈 만드는 일은 그리 어렵지는 않았을 것이다.

큰 굿(나라굿)을 하면서…

공초 오상순 선생의 영을 모시다.

1996년도로 기억된다.

굿을 많이 하고 영검을 얻기 위해 산 기도를 많이 다니던 때다. 그 즈음에 나는 예사롭지 않은 꿈을 꾸었다.

어느 산을 가는데 길이 양쪽으로 나 있는 곳에 달리는 형상을 한 말 동상이 서 있었다. 그 말 동상을 보고,

"말아, 그렇게 서있느라 애쓴다. 힘들지?"

서서 말 동상을 보다가 앞산을 보는데,

"얏!"

하는 소리와 함께 산 가운데서 네모난 석판(상돌)이 나타나면서 산이 오른쪽과 왼쪽으로 갈라 펴졌다. 산 오르기 전에는 둥글게 원으로 보였던 것이 오르고 보니 오른쪽과 왼쪽으로 펴지어, 멀리서 보면 원과 오른쪽, 왼쪽을 점으로 그면 마치 삼각형으로 보였다.

나중에 어느 도인에게 꿈 이야기를 하니,

"보살님은 원과 방(네모난 모습), 그리고 삼각을 보았으니 이는 단군을 본 것이요."

그 말을 듣고 덕만을 보고 선덕여왕을 모셨던 것처럼 내 법당에 단군 신령님을 모셨다.

원, 방, 각을 보는 일은 천년의 도를 닦아야 환생하는 것이라는 말에 나는,

"저는 그저 무당이지, 도사는 아니지요,"

펄쩍 뛰었던 일이 있었다.

그리고 처음 삭발하고 난 후 어느 날이었다.

우이동 골짜기에 미륵불 기도를 가기 전날 밤 꾼 꿈에 묘가 보이고 그 묘지에 어떤 여자가 왔다갔다 하는 것이 보였다. 이튿날 향천사 뒷목 빨래골 삼성사 골짜기를 헤매다가 한 묘지를 만났다. 그 묘지 앞에 다다르니 '공초 오상순'이라는 비석이 보였고 도인이라는 글씨도 보였다.

나중에 노승대 선생에게 꿈인 듯 환영인 듯 보인 작은 부처님의 모습과 얼굴을 가린 여인들이 보여 찾아가니 공초 오상순의 무덤이었다는 말을 하면서 그 분이 누구인지 물었더니 노 선생은 아주 유명한 분이라면서 손 보살이 그런 환영을 본 것은 예삿일이 아니니 그 영을 잘 달래줘야 한다는 말을 했다.

나는 그 영을 법당에 모시고 태극도사라 명명했다.

지금 이화궁에도 공초의 영이 모셔져 있다. 선덕여왕 옆에 도사 모습을 하고 계신 분이 바로 공초 선생님인데 나는 그 태극도사를 위해 칠 미터짜리 두루마기를 만들었다. 그것도 진작굿을 하면서 모은 일월예단을 모아 만들었으니 그 도인 두루마기는 아주 특별한 것이다.

후에 공초 선생이 담배를 유난히 좋아하셨다는 말을 들었는데, 생각해보면 나도 공초선생을 모신 후에 담배를 피우게 되었으니 보통 인연은 아닌가싶다.

그리고 태극도사를 모신 후에 나랏굿을 하게 되었으니 공초 선생님은 자신의 외로운 영을 달래주고 잘 모시고 있는 나에게 큰 선물을 해주신 것이 틀림없다.

선무도 도량 골굴사 인연

91년도에 신굿을 받고 무당이 된 이후 굿을 참으로 많이 했다.

매년 평균 일백여 회가 넘는 굿을 했으니 '굿 공장 사장'이라는 말을 들음직했다. 그렇게 몇 년을 쉴 새 없이 굿을 하면서 영검이 딸릴 것을 염려해 일 년에 서너 번은 열 일 제치고 도량을 찾아 먼 길을 떠났다. 내가 가는 곳은 주로 경주였다. 선덕여왕 신을 받았으니 그분의 능이 있는 경주에 가 선덕여왕 능에 절하는 것은 기본이고 그 외에 김유신 장군 묘와 경주 감포에 있는 문무대왕 수중묘에 가는 것을 기본 코스로 잡았다.

그런 다음에는 골굴사로 가 신장도량 앞에 가 기도를 드렸다.

골굴사는 선무도 도량으로 남근과 여근이 마주 보고 있는 곳이 있는데 그곳에서 정성으로 기도하면 아이를 점지 받는다고 해서 아이를 갖지 못한 여인네들이 많이 와 기도하는 곳이기도 하다. 기도하는 도중 여근에 이슬이 맺히면 아들을 낳는다는 전설의 역사가 있는 도량이다.

그곳 신장도량에 가서 기도드릴 때는 쌀이나 과일 등을 다른 곳보다는 많이 차려놓고 기도를 했다. 신장은 다른 신보다 기골이 장대하니 드시는 것도 엄청나리라는 생각이 들어 쌀도 듬뿍, 과일도 많이 쌓아놓고 기도를 드렸다.

그렇게 말없이 기도만 드리고 오다가 어느 해 작정을 하고 주지이신 적운 스님을 찾아뵈었다. 이번엔 꼭 마애가 누구 이름인지를 알아보리라는 마음 때문이었다.

스님에게 인사를 드린 후

"스님, 마애석존불이 뭐예요?"

문무대왕 수중릉 앞에서 골굴사 스님과 함께

친구가 된 단골들과는 도량을 찾아 여행을 한다.

스님은 바위에 부처님 모습을 새긴 것이라는 답을 주셨다. 가만있으면 중간은 갈 텐데 나는 마애가 누구냐고 다시 물었다.

스님은 웃으면서 마애는 누구를 지칭하는 이름이 아니라 아주 가파른, 다시 말해 벼랑 끝에 새겨진 부처님 모습을 그렇게 부른다는 말씀을 하셨다.

내가 그동안 신장도량에서 도둑기도를 하고 인사도 드리지 않고 갔으며, 이번에는 마애를 알기 위해 찾아뵌 것을 알자 스님은

"아, 쌀이며 과일을 산더미처럼 놓고 기도하신 보살님이 바로 손 보살님 이었군요,"

하며 당신도 그 주인공을 오늘 만나 숙제를 풀었다며 기뻐하셨고 그 인연으로 스님과 아는 사이가 되었다.

그 이후에도 신장도량을 찾아가 기도를 드리는데 그곳에 다녀온 후에 계시를 받는 꿈을 꾸었다.

꿈에 사람들이 많이 모여 있는데 '강단에 작두 탈 사람 나오라는 말'에 내가 나갔다. 그랬더니 목소리만 들리는 그분이

"열두 계단을 만들어라!"

고 말씀하는 것이었다.

그리고 이어

"대성암에 열두 계단 작두 탈 사람이 있다."

큰 소리가 들려 나도 모르게

"대성암이라구요!"

하고 소리치다가 소스라쳐 깨니 꿈이었다.

이 꿈은 무슨 계시일까?

단골 친구들과 김유신 장군 묘 앞에서

가만히 생각해보니 선덕여왕 능을 보고 김유신 장군 묘를 돌 때 그 묘 가장자리 테에 십이 신장 띠가 둘러쳐져 있어서 유심히 살폈었는데, 열두 계단이라는 말에 그럼, 그 십이지간을 뜻하는 것을 만들어야하는 것은 아닐까 하는 생각이 스치듯 지나갔다.

나는 골굴사 신장도량을 다녀온 후에 내 법당 이름을 대성암으로 바꾸었다.

간판이름을 바꾼다는 것은 쉽지 않은 것인데 나는 일말의 주저함도 없이 바꾸자 신딸들은 왜 이름을 바꾸었는지 의아해했다. 신도들 역시 마찬가지였다.

그리고는 여느 때처럼 나는 굿하느라 정신이 없었다.

그런 어느 날이었다. 천마산에서 하는 큰 굿에 참여하게 되었다. 그 굿은 여러 명의 무당들이 함께하는 굿으로 애동이 무당으로부터 신딸을 많이 거느린 큰 무당 등 내노라하는 무당이 대거 참여하는 이름 붙은 굿이었다. 나는 그 굿에서 처음으로 나랏굿을 하게 되는 인연을 만들어준 '6시 내 고향' 김영한 피디를 만나게 되었다. 김 피디는 여러 명 중에서 내 춤에 이끌려 굿이 끝난 후 나를 찾아와 명함을 달라는 요청을 했다.

처음으로 열두 계단 작두를 만들다

1998년 가을 어느 날, 내 명함을 가져갔던 KBS '6시 내 고향'의 김영한 피디에게서 전화가 걸려왔다. 전화 내용은 오는 10월에 비무장지대인 파주 장단에서 콩 축제를 여는데 그 축제의 한 파트로 통일기원제를 봉행하려는 계획을 세워 전화했다는 설명을 한 후에 김 피디는

"그래서 오늘 대성리에 들어갑니다. 그리 아시고 기원제 준비를 해주셨으면 해서요."

라고 말했다.

나는 전화를 끊고 한 대 얻어맞은 듯했다.

골굴사에 다니면서 꾼 꿈에서

"열두 계단을 만들어라. 대성암에서 작두 잘 타는 사람 데려오너라."

그 소리에 깨어난 후에 내 법당 이름을 대성암으로 바꾸었는데, 대성리라니…

그 다음날 김 피디는 통일기원제를 드리기로 했다면서 굿 경비로 680만원을 드린다는 것이었다.

나는 개나리 봇짐 메고 길 떠나는 방랑객처럼 배낭 하나 메고 경주로 떠났다.

이번에는 문무대왕 수중 묘, 골굴사, 선덕여왕, 김유신 장군 묘를 둘러보는데 김유신 묘역 둘레에 있는 십이 신장 조각이 눈에 확 들어왔다.

"열두 계단을 만들어라!"

꿈속에서의 소리가 들려왔다. 십이 신장-열두 계단, 통일기원이라면 모든 사람이 합심하고 일치단결하여 기도를 드려야한다. 모든 사람이라면? '자축인묘진사오미신유술해' 열두 띠가 다 모이면 모든 사람이 모이는 것이다.

무당이 작두를 타는데 꼭 드럼통이나 물동이 위에서만 타라는 법은 없다.

그리고 작두를 타는데 무당이 무구, 의상, 의관은 차려 입는데 왜 작두 대는 없는 것일까?

"그러면 작두대를 만들면 되는 거지."

나는 십이지간으로 열두 계단 작두대를 만들기로 결심하고 서울로 올라왔다.

무교 식으로 열두 계단 만들 수 있는 사람을 수소문하니 부천에서 불교전시장을 운영하는 사람이 그걸 만들 수 있다는 정보를 구하고 그를 만나러 갔다.

나는 그분에게 열두 계단에 하나씩 십이지간 띠를 상징하는 동물을 그려 넣고 도깨비도 그려 넣어달라는 주문을 했다. 그리고 열두 띠 깃발을 만들어 계단마다 꽂을 수 있도록 하고 13층 맨 꼭대기에는 주작 현무

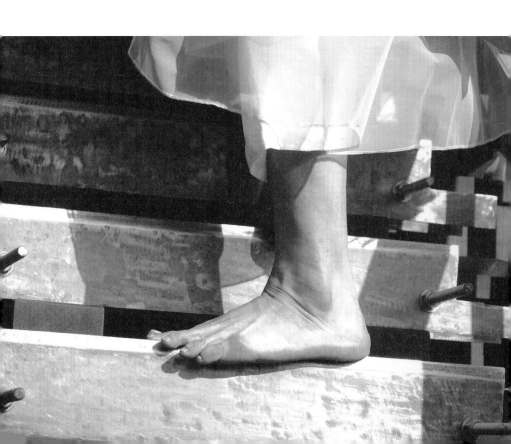

(상상의 동물)를 그려 넣고, 깃발을 만들어 꽂고 맨 가운데는 태극기를 꽂을 수 있는 작두대를 주문했다.

내가 이렇게 만든 작두를 타면 한국에서는 처음으로 열두 계단 작두대를 만들어 열두 계단 작두를 타는 무당이 되는 것이다. 한국에서 처음이라면 세계에서도 처음이다. 비무장지대에서 열리는 통일기원제이니 처음 시도 하는 열두 신장의 의미, 열두 계단 작두를 타는 굿은 의미가 남다르다. 또한 그런 정성이 있어야 언제가 될지는 모르지만 통일기원의 염원이 신령님께 닿을 것이다.

물론 작두대를 만들 때는 그렇게 남다른 의미를 부여하며 만든 것은 아니다. 만들고 보니 나중에 그렇게 해석이 되었던 것이다.

나는 그 열두 계단 작두대 만드는 값으로 6백만원을 지불했다. 내가 굿에 필요한 무녀들이나 악사들에게 주는 값은 내 호주머니에서 나가야 하지만 이 작두대는 내가 앞으로 쓸 날이 많을 것이고 이번 굿으로 돈을 만질 생각은 아예 없었다. 통일기원제라면 내 돈을 내어서라도 잘 치러내고 싶은 게 내 맘이었다.

아버지의 고향은 황해도 평산. 아버지 고향이면 내 고향이기도 하다. 아버지는 고향을 바라볼 수 있는 김포에 자리 잡으셨고, 그리고 신을 받아 황해도 이북굿을 하셨다. 그리고 무당이 된 이후 그때까지 나는 이북굿을 하는 무녀였다. 어쩌면 김영한 피디는 내 춤이 멋있어서가 아니라 내가 이북 굿을 하는 무당이기에 나를 선택했는지도 모른다. 아니 그것이 확실하다. 파주 장단 축제에는 사람들이 몰려들기 시작했다.

처음으로 치러지는 비무장지대에서의 콩 축제에 열두 계단 작두를 타는 이북굿이 봉행된다니 이색적인 이벤트로도 그만이고 호기심을 유발

하기는 최고 아이템이어선지 신문사, 방송국 차량도 속속 도착했다.

전날 장정 네 명이 꼬박 하루를 걸려 갈은 날카로운 스물 네 개의 칼날로 열두 계단 작두대를 세우고 나니 내 몸이 갑자기 으슬으슬해졌다.

파주 장단의 통일기원제

열세 번째 꼭대기 네 기둥에 주작 현무 깃발 네 개를 꽂고 가운데 태극기를 다는 것으로 열두 계단 작두대가 완성되었다. 근처에 가기만해도 베일 것 같은 예리한 칼날, 다 조립된 작두대를 보면서 담배를 피워 물었다.

신딸이 내 옆으로 왔다.

"엄마."

나는 연거푸 새 담배에 불을 댕겼다.

"타실 수 있죠?"

"내가 하냐? 신령님이 하시지."

굿은 예행연습이 없다. 그래서 똑같은 굿을 해도 나중에 비디오를 보면 그때그때마다 조금씩 다르다.

나는 그날 열세 번째 작두 위에서 복주머니를 던져주는 것으로 통일기원제 굿을 마칠 계획이었다.

작두에 오르기 전에 칼날이 얼마나 예리한 지를 보여주기 위해 신딸이 종이봉투를 칼날에 대면 봉투는 그 자리에서 반 토막이 나는데 사람

열두계단 작두를 타기 직전 장군춤

154 무당 엄마와 비보이 아들

들은 그 것을 보고 지레 '어머나…"하며 몸을 움츠렸다.

그 날 신령님은 영험하게 내 몸에 실리셨다.

굿을 끝내고 내려오자 내가 신굿을 받게 해준 허은숙 친구의 친정어머니가,

"이제 큰 무당이 되었구나."

하며 내 등을 두드려주며 감동의 눈물을 흘리셨다.

내 어머니, 언니, 동생들, 신딸들도 무사히 큰 굿을 마친 나를 바라보면서 기쁨의 눈물을 흘렸다.

내 굿은 '6시 내 고향' 뉴스에 나가고 이튿 날 신문에 작두를 타는 내 사진이 실렸다.

후에 그날 한 굿 비디오를 보니 열두 계단을 사뿐히 오르고 열세 번째 작두 위에서는 겅중겅중 춤을 추면서 복주머니를 던지는 모습이 담겼는데 내가 보면서도 내가 어떻게 저렇게 했을까 의아하기만 했다.

국어교사로 수필집을 여러 권 내신 박광정 선생님이 그날 보신 굿 이야기를 책에 쓰셨고, 나에게 그 글을 편지로 보내셨다. 제목은 「열두 계단의 고행」인데 글의 일부를 적어 본다.

(중략)통일촌 막걸리를 두 사발이나 마시고 나는 함께 간 친구들과 기원제가 열릴 마당으로 갔다. …:둥, 둥, 두둥, 둥둥… 기원제는 법고를 두드리면서 시작되었다. 드디어 악사들의 선율에 따라 제금 소리가 북녘 하늘을 흔들어 댔다. 무무가 절정으로 치닫자 관중들은 넋을 잃어갔다. 작두가 나왔다. 무녀는 칼날 선 작두를 들고 춤을 추기 시작했다. 과일이 싹둑 잘려져 나갔다. 무녀는 허벅지를 걷고 작두를 눌러댔다. 팔을 걷고 작두로 그어댔다. 혓바닥으로

작두의 날을 훑었다. 제금 소리와 악사들의 선율이 한데 어울려 춤을 추어 댔다. 관중들은 숨을 죽였다. 손에 땀을 쥐고 오금이 저렸다. 무녀는 작두를 들고 서서히 제단에서 내려와 가설된 열두 층계 앞에 섰다. 이제 칼날을 밟고 열두 층계를 올라야한다. 그녀는 양말을 벗어 던졌다. 하얀 살결이 들어났다. (중략) 저승까지는 열 두 강을 건너야 한다고도 하고, 열 두 대문을 통과해야한다고도 한다. 그래서 쇠지팡이 12개와 짚신 12죽이 필요하다고도 한다. 이제 저무녀는 저승길을 오르려는 거다. 우리는 땅바닥에 질펀히 앉아 이승에서 저승으로 오르는 무녀의 고행을 보는 거다. 새하얀 첫 발이 작두 위에 올라선다. 뒷발이 따라 오른다. 춤을 춘다. 맨발로 춤을 춘다. 작두 위에서 춤을 춘다. 다시 오른다. (중략) 열하나, 열두 번째 계단에 올라섰을 때 내 눈에서는 눈물이 주루루 흘러 내렸다. 그녀는 드디어 단 위에 올라섰다. 거기에 또 하나의 마지막 작두가 그를 기다리고 있었다. 마지막 작두, 이제 그녀는 마지막 작두 위에서 최후의 순간을 맞아야한다. 자기를 버리고 자기의 신과 하나가 되는 순간, 그 순간을 우리는 해탈이라 해도 좋고 승천이라 해도 좋다. 기어이 그녀가 마지막 작두 위에 서서 복주머니를 뿌릴 때 땅에 주저앉아 있던 모든 사람들이 일제히 일어나 양팔을 벌리고 그녀를 향해 소리 질렀다. "복 주세요, 저요.저요." 나는 또 한차례 쏟아지는 눈물을 억제할 수 없었다. (중략) 우리에게 인생을 보여 주고 저승길을 보여준 그녀. 손이화. 배꽃처럼 살다 갈 그녀를 그리며 눈을 감는다…

세 분 선생님들

나는 지금까지 살면서 귀한 인연인 세 분의 선생님을 만났다. 이분들이 없었다면 그렇게 큰 굿을 하지 못했을 것이다.

하계중학교 교장 선생님을 하시다 잠실고 교장선생님으로 정년퇴임하신 황석근 선생님, 경희대를 나오시고 국어 선생님으로 수필 책을 어려 권 내신 박광정 선생님, 『바위로 배우는 우리문화』라는 책을 쓰시고 민학회 일을 하신 노승대 선생님 이 세 선생님들은 내가 무당이 되는데 용기를 주셨고 또한 큰 굿을 하도록 연결해 주신 분들이다.

황석근 선생님과 박광정 선생님은 내가 재혼해 전실 아이 둘을 기를 때 큰 아들이 다니던 학교의 선생님들이다. 그때 나는 학부모로 자모회 활동을 하면서 총무 일을 해 여러 선생님들과 가까이 지냈는데 특히 두 선생님과 친했다. 황 선생님은 능력과 추진력이 많아 많은 일을 하셨는데 내가 아이를 기르는데 좋은 조언을 해주었다. 전실 아이 둘과 상훈이를 낳아 기르다가 신이 왔을 때 나는 황 선생님께 내 사정을 이야기했다. 그러면 바쁘신 데도 내 얘기를 들어주시고 아이들에게 마음을 써주셨다. 너무 고마워서 다른 학교로 전근 가신 황 선생님께 선물을 드리려고 뵙자는 청을 드렸다. 황 선생님은 약속장소에 박광정 선생님과 함께 나오셔서 박 선생님을 알게 되었다.

그 만남에서 황 선생님은 내게 이렇게 위로의 말을 해주었다.

"무당은 아무나 할 수 없는 직업입니다."

박 선생님은 무속에 조예가 깊으신 경희대의 서정범 교수님을 잘 아신다면서

특별한 인연의 선생님들은 내 인생의 귀인들이다.

"신은 특별한 사람한테만 오는 것이지요. 신이 왔으면 무당이 되는 게 좋습니다. 신굿을 받으세요."

이렇게 두 분이 용기를 주셨기에 나는 신굿을 받는 결심을 굳혔었다.

박 선생님은 내가 무당이 된 후 여러 분을 모시고 오셨다.

주로 입시철에 어느 대학을 가면 좋을 지를 묻는 분들이었는데 인연이 좋아서인지 내가 가라는 학교를 간 학생은 붙고 내가 가라는 학교를 가지 않은 학생은 떨어져 박 선생님은 내가 아주 신통한 무당이라는 생각을 하시게 되었다.

지금도 기억에 남는 손님이 있다. 그때도 박 선생님이 친구를 데리고 왔다.

그 분은 동대문에서 큰 옷가게를 하셨는데 내가 보니 그 분은 옷보다는 쇠와 관련된 일을 하셔야 한다는 답이 나왔다.

"쇠와 연관된 일을 하시게 될 것입니다."

그 분은 가당치도 않다는 듯 내 말을 믿지 않았다.

그로부터 몇 달 후 박 선생님이 어떤 손님과 오셔서 하시는 말씀이

"손 보살, 옷 장사를 하던 그 친구가 철도청에 부품을 납품하는 일을 하게 되었다지 뭡니까. 참 용하다면서 다음에 와 한 턱 내겠다고 합니다."

그런 인연으로 박 선생님은 후에도 정년퇴임하신 선생님들을 모시고 와 어떤 일을 하면 좋겠는지를 물었고 나는 신령님의 말이 나오는 대로 전해 그분들과 가까운 지기가 되었다.

인연이란 참 묘하다. 첫 단추를 잘 꿰면 그 다음도 잘 풀리고 그렇지 못한 경우는 이상하게 점괘도 잘 나오지 않아 그 한 번의 인연으로 그치는 경우도 있다. 아무튼 나는 박 선생님과는 연이 좋아 용하다는 말을 들었고, 그 입소문으로 참으로 바쁜 세월을 보내면서 좋은 연을 쌓아갔다.

박 선생님은 바쁜 나를 보면

"신하고만 대화하지 말고 자연과도 대화를 해야 합니다. 자연과 벗하면서 휴식을 취해야 합니다."

박 선생님이 펴내신 『몽돌』이라는 책에도 내 이야기가 쓰여 있을 만큼 선생님은 나를 무당으로서 뿐만 아니라 인간적으로도 아껴 주셨다.

그 다음은 노승대 선생님이다.

노 선생님이 비구니 도량인 왕십리 미타사에 머무르고 계셨을 때다. 선생님은 내 굿을 보신 분으로 자기 도량에 정신이 이상한 분을 데리고 오셨다. 내가 보니 그 사람은 빨리 굿을 해줘야 할 사람이었다. 나는 그

자리에서 굿을 시작했고 작두를 탔다. 그날은 비가 엄청 쏟아졌다. TV에서는 중랑천이 넘친다는 보도를 할 정도로 비가 퍼부었는데도 나는 굿을 강행했다. 그리고 그 미친 사람이 정상으로 돌아오는 것으로 노 선생님과의 인연이 시작되었고, 이후에 큰 나라굿을 하도록 다리를 놓아 준 잊을 수 없는 귀인이다.

이북굿에서 한양굿으로

1998년 민통선 굿을 끝으로 이후 나는 한양굿을 하게 됐다. 그렇게 신의 세대교체를 할 수 있었던 것은 당주악사 이선호 선생님의 격려가 있었기에 가능했다.

민통선 굿을 보신 김정식 선생님이

"손이화 같으신 분이 한양굿을 하면 좋겠습니다."

하자 이 선생이 한양굿으로 바꿔보라는 제안을 했다. 이 선생은 민통선 굿할 때 삼 잽이가 있는 게 좋겠다며 훌륭한 악사들을 불러줘 그 굿은 나랏굿으로 엄숙하게 치를 수 있었다. 이후 이 선생은 내게 장구 치는 것을 가르쳐주었고 내 귀를 열게 해주었다.

이북굿은 호적을 세 개로 부는데 이남굿은 피리, 대금, 호적의 삼 잽이로 음악자체가 부드럽고 아름답다.

나는 한양굿으로 바꾼 후 새남굿으로 중요무형문화재 104호 이수자가 되었으니 신의 교체를 잘한 것이다.

굿을 하다보면 몸의 주신의 강도가 높아져 신도 주체를 잘 못하는 때가 있다. 춤을 추다가 이렇게 주체를 못하게 되면 장구통을 갖고 난리를 치기도 한다. 장구를 발로 차기도 하고 몸이 하늘을 찌를 것처럼 폭발적인 동작을 하게 되면 악사들이 음악을 조절해줘야 신이 평정하게 되기도 한다.

내 직성으로는 한양굿이 성에 차지 않고 싱거웠으나 진오귀가 가슴에 닿았다. 조상의 넋을 달래주고 돌아가신 분의 넋을 달래주는 것이야말로 산 사람의 몫인 듯 했다.

두 번 이북굿을 하면서 나는 내 몸주를 풀어냈고 이후부터는 한양굿으로 돌렸다.

비로소 98년 비무장지대에서 한 나라굿부터 한양굿을 하면서 내 무당 생활의 일대 전환을 갖게 되었다.

"신령님, 몰랐던 것을 알게 해주셔서 감사합니다. 이제부터는 새남굿을 하겠습니다."

그리하여 나는 아버지의 신명을 달래주는 굿을 하고는 이북굿과 안녕을 고했다.

이북굿은 장단이 많아 신이 오르면 때려 부수듯이 춤추고 피를 먹기도 하는데 비해 한양굿은 타령을 많이 함으로 얌전해 보인다. 허나 나는 센 굿을 한 탓인지 처음에는 직성이 풀리지 않는듯하기도 했으나 진오귀에 빠지면서 차츰 한양굿의 아기자기한 맛에 휩쓸려 들어갔다.

또 내가 한양굿을 하게 된 배경에는 서울 쪽에 계보를 갖고 있는 곰보할머니의 신이 들어왔기 때문이기도 하다. 꿈에 그 분을 만나고 난 후 아버지의 신은 힘이 다해 이제부터는 편히 쉬어야한다는 생각이 들기도 했다. 만신들에게도 나름의 질서랄까, 뜬 대신으로 오다가 일곱 문을 거치면서 가실 분은 가시고 오실 분은 오시니 가는 계절 붙잡지 못하고 오는 계절 막지 못하는 이치처럼 그런 자연의 이치와 다를 게 없다.

월드컵 성공기원 열 두 계단 작두 굿

1998년 파주 장단에서의 통일기원제를 성공적으로 봉행한 이후 큰 나라굿을 2년마다 하게 되었다. 2000년도에는 새 밀레니엄 시대를 맞으면서 그 해 10월 국정홍보처 주체로 서울 인사동 문화마당에서 또 다시 통

일기원제 굿을 하게 되었다. 그 굿도 많은 호응이 있었던 성공한 굿으로 기록된다.

그 2년 후에 종로구청에서 연락이 왔다.

한국에서 열리는 역사적인 월드컵 대회를 성공적으로 치르고 우리나라가 16강, 8강까지도 바라보면서 그 대회를 성공적으로 치르자는 뜻으로 굿을 하자는 것이었다.

구청과 (사)인사전통문화보존회에서 주최하는 그 굿의 이름은 '월드컵 성공기원 손이화 만신 12계단 작두 굿'이었다.

2002년 6월 2일 인사동 네거리에 있는 대일빌딩 앞에서 굿을 하게 되면서 나는 몸과 마음을 다스렸다. 국민 모두가 마음을 합치고 정성을 다해 성공을 기원하는 그 굿은 남다른 의미가 있다. 국민이 화합하고 상생할 수 있을 뿐만 아니라 말 그대로 우리도 할 수 있다는 미래지향적이며 희망을 가질 수 있는 기원제이기 때문이었다.

나는 하늘에 고하는 글을 짧게 썼다.

하늘에 사뢰며
한·일 월드컵
세계적인 잔칫날
우리네 하늘 땅에 사시는
모든 천지신명 또한 기쁠 일
함께 청해 모셔 들여
정성으로 차린 제물
공양하여 비옵나니

작은 정성 크게 받으시고

큰마음으로 도와 주시사

궂은 날 맑게 하시고

크고 작은 사고 미리 막아

원만성취지대원

그 굿은 오후 두 시부터 다섯 시까지 하는 비교적 짧은 시간에 하는
굿이므로 나는 정성스레 음식을 차려 놓고 온갖 부정을 물리치는 부정
거리, 하늘의 명과 복이 골고루 돌아가도록 축원하는 불사거리, 모든 액
운을 물리치고 열 두 계단 작두를 밟고 올라가 맨 꼭대기에서 모든 이에
게 복을 내리고 복주머니를 던져주는 상산 장군거리등 세 거리로 그 굿
을 치르기로 했다.

부정거리와 불사거리를 잘 봉행하고 열두 계단 작두를 타는 상산 장군
거리 차례가 왔다. 양말을 벗고 맨발로 서슬 시퍼런 날을 들어내고 있는
첫 번째 칼날 위에 섰다.

"어머나!."

여기저기서 웅성대던 소리가 숨죽이듯 고요해지고 두 번 째 계단으로
오르려는데 발이 떨어지지 않았다. 순간 전율이 왔다. 다시 발을 떼려고
움직여 보는데 두 발은 칼날 위에 접착제를 붙인 듯 꼼짝도 하지 않는 것
이었다.

"정성이 부족하다!"

내 말을 들은 신딸이 두 손을 비비면서 신령님께 빌고 악사들의 음악
소리는 더욱 커졌다.

"신령님, 도와주소서, 정성이 부족했나이다. 잘못했으니 살펴주소서."

내가 주문을 외우고 발을 떼니 그제야 떨어졌다.

웅성웅성하던 관중들은 다시 고요해지고 나는 사뿐 사뿐 칼날의 계단을 올랐다.

그리고 열두 계단을 오르고 열세 번째 작두 위에서 나는 사방을 향해 복주머니를 던졌다.

신령님은 남 잘되는 기도는 대체적으로 들어 주신다.

첫 번째 작두 위에서 약간의 신고는 있었으나 그 굿은 아주 잘 된 축제였다.

그 해 한·일 월드컵에서 우리나라는 기대와 기원을 훨씬 뛰어 넘어 16강을 바라보다가 8강이더니 마침내 4강에 오르는 기적 같은 일이 실제로 이뤄졌다.

"하느님 고맙습니다. 신령님, 고맙고 또 고맙습니다."

중요무형문화제 104호 새남굿 이수자가 되다

인사동에서 월드컵 성공기원 굿을 잘 치르고 나는 제법 유명해졌다. 우리 동네뿐만 아니라 어디를 가도 나를 알아보는 사람들이 꽤 있는 것으로도 충분히 그 사실을 알 수 있었다.

그리고 2년 후인 2004년에는 국악로 야외 특설무대에서 제 11회 국악로 한가위 문화대축제에서 천신굿 불사거리를 치렀다. 이제 굿은 조상을 위로하고 복을 비는 일뿐만 아니라 축제 한마당으로서도 좋은 구경꺼리가 되는 아이템이 된 것이다.

그 해는 큰 굿 행사를 세 번이나 치렀다.

국악로 축제에 이어 2004년 10월에는 서울 남산 한옥마을에서 '아시아 전통예술 페스티벌' 행사 중 하나로 새남굿 불사거리를 다시 공연했다.

그리고 뒤이어 11월 29일에는 무형문화재 전수회관에서 새남굿 발표회를 했다.

이 행사를 통해 나는 새남굿의 모든 것을 전수받는 전수자에서 한 단계 높은 이수자가 되는 통과의례를 가졌다.

'중요문화재 104호 새남굿 이수자 손이화'가 된 것이다.

나는 바리공주 옷을 입고 머리에는 20킬로그램의 무게가 나가는 의관을 쓰고 한 시간이나 걸리는 긴 바리공주 사설을 읊었다.

바리공주는 잘 알려진 대로 왕인 아버지에게서 버림받고 쫓겨난 공주로 후에 다 죽어가는 아버지를 살리기 위해 먼 여정을 떠나 비책을 구해와 아버지를 살리는 이야기다.

따라서 바리공주는 병든 사람은 물론 인간고락으로 죽어가는 사람을 살려내는 전설적인 인물이다. 그런 바리공주의 현신을 통해 신의 경지에 오른 사랑과 희생으로 인해 우리 모두도 구원을 받을 수 있다는 확신과 희망을 갖게 해주는 굿이 새남굿의 핵심이다.

나는 타령보다는 춤을 잘 추는 무당이다. 새남굿에서 내가 바리공주 차림으로 춤을 추고 도령을 돌면 그 모습 자체에서도 보는 이에 따라 나름의 구원을 느낄 수 있다.

굿은 조상을 위하는 굿이라 해도 결국은 산 이를 위한 행위이다. 돌아가신 조상을 위하면서 사람들은 자신의 잘못을 뉘우치고 보다 잘 살아야한다는 각오를 하게 된다. 그리고 그 마음의 귀향이 그 사람을 잘 되게 하는 원인이 되는 것이다.

정식으로 새남 굿 이수자가 된 이후 가진 큰 나라굿은 2006년 6월에 광화문 열린 광장에서 가진 단오맞이 겸 월드컵 성공 기원제다. 그러고 보니 어느새 4년이 지나 다시 월드컵이 열리는 해가 된 것이다.

내가 월드컵 성공 기원 굿을 연달아 두 번이나 하게 될 줄은 4년 전에는 알지 못했다.

그렇다면 나는 4년을 참 잘 산 셈이다. 작년에 만난 사람을 올해 다시 만나면 한 해를 잘 산 것이다. 잘못 살이 죽거나 병들었다면 작년에 본 사람을 또 만나는 복을 누릴 수 있겠는가. 그런데 내가 4년 전에 한 월드

컵 성공 기원을 다시 하게 되었으니 신령님의 보살핌은 놀라울 뿐이다. 나는 내년에 열리는 월드컵 성공 기원을 다시 할 수 있게 된다면 1년은 물론 또다시 새삼 4년을 잘 살아낸 것이다. 그런 의미에서 2010년에 열리는 남아공 월드컵을 위한 성공기원 굿을 봉행하고 싶다.

2008년 12월 내 고향 김포시청 앞 사우문화 체육 광장에서 치른 '김포 석녁말 도당굿' 재현은 아주 남다른 감회가 있는 굿이었다.

그 굿은 아버지가 하시던 굿이었다.

이 도당굿에는 깊은 추억이 있다. 신굿을 받은 지 얼마지나지 않아 김포에 갔을 때다. 가다보니 만물상회 건물이 보여 박카스 한 박스를 사들고 아주머니가 계시는 이 층으로 올라갔다. 아주머니게 절을 올리고 앉으니 물으셨다.

"너 누구냐?"

"손성배씨 셋째 딸 명숙이에요."

"근데 너 제적이 아니구나"

"네, 저 무당이 되었어요."

"그래? 네 아버지는 신을 제대로 받지 못했으나 네가 제대로 받았으니 잘해 보거라."

"네."

"내가 도당 할아버지를 모시고 있는데 누가 이걸 이어갈 지 걱정이구나."

"제가 모시죠."

아주머니와 그런 약속을 했는데 후에 도당굿을 재현했으니 나는 그 약속을 지킨 것이다.

제대로 갖춘
바리공주 차림

꼬였으면 풀어나가자구요

타고 난 운은 피해갈 수 없다지만 꼭 그런 것만은 아니다.

태어나고 보니 아버지, 어머니는 이미 정해져 있었고 한국 땅 김포에서 났으니 김포 태생이고 하는 등의 운명은 내 의지로 바꿀 수는 없다. 이렇게 타고났고 고칠 수 없는 것은 숙명이라 치고 운은 노력으로 바꾸거나 미연에 예방할 수 있다.

우리 같은 무당이 해줄 수 있는 것은 후자에 속하는 것 즉 운을 좋게 해주는 역할이다. 나쁜 운은 미리 알려줘 최소한 적게 받아 잘 넘어가게 하고 기왕에 태어났고 살아야하니 좀 잘 살아내자는 것이다.

무당을 하면서 느낀 것은 우리 조상님들이 참으로 슬기롭다는 것이다. 그분들은 인간이 저지를 수 있는 죄업을 자연과 동화하면서 좋게 풀어내려고 노력을 끊임없이 해왔다는 것이다.

사람은 자연을 거스를 때보다 그 섭리에 순응해야 덜 고단하고 복을 받는다.

우리 조상들은 몸과 정신이 자연 속에 있을 때 가장 좋은 상태를 유지한다는 것을 아신 철학자들이다. 살다보면 이기심이나 욕심으로 몸과 마음이 망가지게 되는데 그럴 때 자연의 이치에 순응하는 것으로 몸과 맘을 풀어 낼 수 있다.

무당들은 달마다 액막이 시주랄까, 그 달에 필요한 음식이나 공덕으로 사람들이 당하는 액을 면하게 해준다. 이것은 꼭 무당을 찾지 않아도 집에서 할 수 있는 민간요법이다.

정월에는 보름에 오곡밥으로 막고,

이월에는 계축으로 막고,

삼월에는 삼짓날 제비 홍시로 막고,

사월에는 초파일에 연꽃 등으로 막고,

오월 단오에는 창포 삶은 물로 막고,

유월 유두에는 밀전병으로 막고,

칠월에는 칠석 날 오작교 다리로 막고,

팔월에는 보름날 달맞이로 막고,

구월에는 구일날 무자손 제사로 막고,

시월에는 상달이니 고사떡으로 막고,

십일월에는 동지 팥죽으로 막고,

섣달에는 흰 떡가래로 막는다.

이렇게 일 년 열두 달을 지키고 막음일인 입춘날에 '입춘대길'을 대문에 써 붙이면 소문만복래는 따논 당상이다.

불교신도나 우리 같은 무당을 믿는 신도들 중에 열성분자들은 초하루와 보름날에도 절을 찾고, 법당을 찾는다. 그것은 일요일이면 교회, 성당을 찾는 이론과 크게 다르지 않다. 세상 속에 살면서 몸과 마음이 혼란해지거나 해이해진 것을 자기가 믿는 곳에 가 반성하고 다시금 마음을 곧추 세우면서 세상 속에서 실수 없이 잘 살아야하는 것을 다짐하는 것이니 찾는 곳이 어디냐일뿐 그 뜻은 크게 다르지 않다.

내가 이렇게 말하면 신부님이나 목사님들은 일개 무당이 감히 신성한 자기네 교를 비하했다고 치도곤이를 칠지도 모르겠으나 나의 이 생각은 바뀌지 않을 것이다.

내 신도 중에는 교회를 다니고 성당에 교적을 둔 사람들이 꽤 있다. 나는 그런 분에게는 먼저 교회에 다녀온 후에 오라고 말한다.

"일요일이니 성당부터 다녀오시고 나와는 월요일에 만나도 되잖아요. 일요일을 궐하지 마세요."

내가 그렇게 말하면 그는 웃으면서

"참 세련된 만신이십니다. "

내가 느닷없이 세련된 사람으로 격상되기도 한다.

신도랑 상훈이랑 같이 밥 먹을 때 가끔,

"오늘은 하느님께 기도하고 먹읍시다. 자, 기도합니다."

그렇게 말하고 정말 하느님께 일용할 양식을 주신 것에 대해 감사기도를 한다. 농담이나 장난 끼로 하는 것이 아니라 진심으로 기도를 드린다.

예전 어릴 적 성당을 다니면서 밥 먹을 때 기도드리고 먹었었고, 신심이 깊은 가톨릭 신자 친정어머니는 꼭꼭 기도를 드리신다. 나도 엄마랑 밥 먹을 때는 꼭 가톨릭 식으로 기도와 성호를 긋고 밥을 먹는다.

신령도 받는 걸 좋아한다.

선물 받는 것을 싫어하는 사람은 없다.

마음이 가는 곳에 물질이 가는 법이니 선물은 마음의 표현이기도 하다. 사람 사는 세상만 그 이치가 통하는 것은 아니다. 신도 받는 것을 좋아하신다. 정말 없어서 맨입으로 정성을 드리는 일은 아무 것도 하지 않는 일보다는 났지만 그냥 하는 정성보다는 소주 한 병이라도 바치고 기도하는 것이 효과가 있다.

바친다는 것은 그만큼 자신을 기꺼이 바친다는 것이다. 교회에 가면 연보 돈 내고 목사님들은 잘 믿고 축복을 받으려면 십일조를 내야한다고 일러준다. 물론 성당도 마찬가지고 절도 그러하다. 무슨 교를 믿던 신도는 성전에 갈 때는 나름의 헌금을 준비한다.

내 신도들도 내 법당에 올 때 빈손으로 오지 않는다. 하다못해 내가 즐기는 담배라도 사온다. 그들은 신령님께 담배도 바치고 쌀을 바치고 과일을 바치고 돈을 드린다. 나는 무당이기 이전에 속된 사람의 근성이 있는지라 신도가 내는 것에 따라 정성의 차이가 있음을 고백한다. 물론 그러지 않으려고 신령님께 빌지만 정성이나 굳이 내는 액수에 따라 달라지는 건 할 수 없다.

내가 상훈이에게 돈을 받고 치성을 드려주는데도 나름의 이유가 있다.

누구나 다 아까운 자기 돈을 내놓을 때 정성의 마음이 달라진다. 진심으로 원하고 꼭 기도가 들어주기를 바랄 때 진심으로 빌게 되고 그런 후에는 자기가 원하는 것을 이루기 위해 열심히 일을 한다.

어떤 의미에서 돈을 바치고 정성을 드리는 것은 자신이 열심히 하겠다는 신과의 약속이다. 그렇기에 정성을 드리면 효과가 있다. 엄밀히 말해 신령님이나 무당의 기도 때문이 아니라 이미 자신이 잘 할 의지가 있으므로 효과가 있는 것인지도 모른다.

신령님께 바치는 제물

그리고 내가 주장하듯이 돈을 내 치성을 드리고 굿을 하는 일은 주위
와 그 돈을 나눠 갖는 행위이다. 하다못해 무당이라도 먹여 살린다. 무
당을 먹여 살린다는 것은 무당에게 딸려 있는 식솔들을 먹여 살리는 일
이니 법당에 와서 뭔가를 바치는 사람은 그 행위를 통해 한 가족에게 이
득을 준 것이다.

내가 상훈에게 한 달에 용돈을 5만원 주면서 치성 값을 30만원 받는
것은 아끼고 모아서라도 자기가 하고자 하는 일에 투자를 해야 한다는
암시다.

말로 가르치려면 소귀에 경 읽기가 돼 엄마가 말하는 순간 한 귀로 듣
고 다른 한 귀로 내보내 효과가 단 일 퍼센트도 없다.

누구에게나 자기 돈은 아까운 법인데 그 마음을 떨쳐 내고 진심으로
기도를 드려서 원하던 바가 이뤄지면 신의 절대적인 힘을 믿게 되면서 오

만은 줄고 겸손함이 생길 수도 있다.

내가 죽은 다음에 상훈이가 엄마의 장례는 물론 삼오제, 사십구제 기도를 정성으로 잘 해주기를 바란다. 그런데 혹시라도 아들이 죽은 엄마일은 대충하고 살고 있는 마누라 말을 우선으로 해 사십구제도 절에서 약식으로 때우고 진오귀굿도 해주지 않는다면 섭섭할 것이다. 미래의 내 며느리가 독실한 기독교 신자여서 간단히 예배로 때운다면 지금 내 맘으로, 상훈이 꿈에 나타나

"너 엄마 제사 드려주지 않으면 해코지 할 테니까, 두고 봐라."

하고 꿈속에서 공갈협박이라도 할 것 같다. 헌데 상훈이가 조상을 잘 모시는 일이 살아 복 받는 일이고 축복을 덤까지 받을 수 있다는 확신을 갖는다면 미래의 제 마누라가 교회를 다녀 제사를 반대한다면 싸워서라도 ,그도 아니면 혼자라도 정성을 드릴 것이 아닌가.

나는 아들이 '뭐든지 바쳐야 효과가 있다'는 것을 가르쳐주기 위해 30만원을 두 번이나 받은 것이다. 치성은 엄마라도 공짜로 하면 효과가 없다는 것을 그 애가 알 때 남에게는 더 줄 수 있지 않겠는가.

그래야 나 같은 일을 하며 사는 사람들이 먹고 살 수 있는 것이다.

무당은 돈을 절대로 혼자 독식하지 않는다. 누누이 말했듯이 굿을 하기 위해서는 쌀집이나 떡집을 위시해 열 집 이상의 가게에서 돈을 주고 물건을 사와야 한다. 정말 신령님은 본래 나누기 위해 이런 법도를 만드셨는지도 모르겠다. 솔직히 말해 무당 언저리에 있으면서 먹고 사는 인구가 꽤 있다.

또한 굿은 슬픈 굿이라 해도 사람들의 응어리진 속내를 풀어내는 힘이 있다. 슬퍼서 울다 보면 자기 속이 후련해지고, 재수굿에서는 돈 한

푼 놓고는 자기도 덩달아 복 받을 듯한 자위를 하면서 미련을 가질 수 있다.

나누는 사람들

내게 신굿을 받게 해준 중, 고등학교 동창생 허은숙은 나누며 사는 법을 가르쳐 준 인생의 귀인이다.

신이 내린 내가 이혼을 하면서 위자료를 한 푼도 받은 게 없으므로 신굿을 받을 수 있는 돈이 없다는 것을 알았다.

"명숙아, 내림굿을 하자."

그 친구는 신굿 받을 돈을 내게 주면서 말했다.

"고마워. 내가 꼭 갚을게."

"명숙아, 부담 갖지 마. 친구 사이에 도울 수 있으면 도와야지."

은숙이는 사람은 서로 돕고 살아야하는 것을 그렇게 알려줬다.

초등학교와 중, 고교를 함께 다닌 유부희 친구는 시간을 함께 하는 것도 서로 돕고 사는 일이라는 걸 가르쳐 주고, 내가 신굿을 받는 시기를 전후해 마음을 잡지 못했을 때 함께 있어 준 고마운 친구다. 그녀는 내 말을 잘 들어주었고, 내가 필요로 할 때 언제든지 달려오거나 기다려줬다. 그 친구와 만나지 않았다면 나는 어떻게 되었을까 상상이 되지 않는다. 어쩌면 미쳤거나 우울증으로 병원신세를 졌을지도 모른다.

누군가에게 친구가 되어주는 사람은 물질 이상의 도움을 주는 것이다. 함께 울어주고, 혹은 웃어 주고, 함께 염려하면서 문제를 풀어 나갈 수 있는 힘을 준다는 것은 가까운 이웃을 진심으로 돕는 일이다.

나는 두 친구에게 받은 것을 바로 그녀들에게 갚지 못했다. 언제나 남을 도울 수 있을 만큼 마음이 여유로워서인지 내가 그녀들에게 갚을 여지를 주지 않았다. 아니 늘 누군가를 돕는 일을 하느라 자신들의 나쁜 일은 느낄 사이도 없는 것인지 공덕이 많아 복을 받아 사람들이 겪는 불행은 근처에도 오지 않는 것인지 나는 늘 그녀들에게 받는 입장이었다.

훨씬 시간이 흐른 후에 내게 도움을 준 친구들에게 갚을 수 없으리라는 사실을 깨달았다. 대신 나에게 도움을 요청하는 사람에게 도움을 주는 것으로 그들에게 갚을 수 있다는 것을 알 게 되었다. 그렇기에 누군가가 내게 시간을 원하면 시간을 냈고, 돈이 없어 쩔쩔 매면 나름으로 이웃이 되려는 노력을 했다.

"아, 사랑은 물 같아서 위에서 아래로 흐르는 것이구나. 부모에게 받은 사랑 자식에게 갚듯이…"

그 이치를 깨달으면서 돕는 방법을 알게 해준 친구가 고마워 돈이 좀 생긴 연후에 다섯 돈짜리 행운의 열쇠 세 개를 만들었다. 그리고 허은숙과 유부희에게 주고 하나는 내가 가졌다. 우리는 똑같은 행운의 열쇠를 가진 삼총사 친구가 되었는데 마음속으로 그녀들은 내 친구이기보다 인생의 스승이라는 생각으로 그것을 전하면서

"고마워. 네 마음 잊지 않을게."
라고 말했다.

남을 돕고 사는 사람들은 생각이 멋지고 마음이 깨끗하다는 공통점을 가지고 있다. 그들은 옳고 거짓이 없어서인지 하는 일이 잘 된다. 공덕

초, 중고를 함께 다닌 부희와는 외국여행을 많이 했다.

은 그래서 쌓고 살아야한다.

내 친정아버지는 참 멋있게 이웃과 나누는 방법을 알고 있었던 분이다.

상계동 우리 집에 오실 때의 일이다.

아버지는 멋쟁이 운전사가 운전하는 택시를 탔다고 즐거워했다.

멋쟁이 운전사는 차안에 노래 테이프를 많이 갖고 있으면서 손님 연배에 따라 노래를 들려주었던 모양이다. 아버지가 연세가 지긋하니 흘러간 노래를 틀어주었고 기분이 좋아지신 아버지는 내릴 때 택시비 이만여 원에 이만 원인가 삼만 원을 소위 팁으로 주셨으니 운전사는 얼마나 기분이 좋았을까.

"운전사 양반, 즐겁게 왔소, 참 고맙소."

너무 많다면서 극구 사양하는 운전사에게 아버지가 기어이 택시비 플러스 팁을 합친 요금을 주었다니 상상만 해도 아름다운 풍경이다.

그 운전사 아저씨는 그날뿐만 아니라 다른 날에도 아버지를 생각하면 즐거워질 것이고 그따위 노래 끄라고 화내는 손님이 있어도 아버지 생각하면서 참을 수도 있을 것이다.

나는 아버지도 멋지고 운전사도 멋지다는 생각을 했다.

말기 유방암

나에게 여섯 수는 좋지 않은 모양이다.

열여섯 살이 어땠는지는 기억에 없는데 그 다음부턴 나이 끝자리가 여섯일 때는 좋지 않은 일이 계속해서 많았다.

스물여섯에 이혼하고 서른여섯에 무당이 되고 마흔 여섯에는 말기 유방암으로 수술을 받아 한 쪽을 완전히 제거했다.

물론 이건 인간적으로 셈할 때의 나쁜 일이고 다른 차원에서는 나름의 전화위복이든지 새로운 도전의 삶을 위한 전주곡일 수도 있다.

나는 2003년 5월에 암 말기 진단을 받았다.

신령님은 내가 암 진단을 받을 것을 알고 계셨을까?

나는 그 일이 있기 이년 전에 암 보험에 들었었다. 그런데 보험을 든 사유가 절묘하다. 애동이 무당 시절부터 나한테 다니는 보험 설계사가 있었다. 수더분하고 넉넉해 보이는 아줌마인 설계사가 가끔씩 다니다가 어느 날 내게 보험을 권했다.

"통장에 돈이 조금이라도 모이면 꼭 들을 게요. 헌데 지금은 마이너스

백두산에 오르다.

처지이니 좀 기다리세요."

그렇게 말했는데 그녀는 내가 박정하게 거절하지 못해 그렇게 말한 줄 알았던지 그 후에는 한번도 보험을 권유하지 않았다. 나는 그녀에게 말한 대로 통장에 돈이 어느 정도 모였을 때 설계사에게 오라는 연락을 했다.

드는 김에 맘껏 들려는 듯이 넣을 수 있는 특약을 다 포함해 암 보험을 들었다.

그런 일이 있은 지 얼마나 지났는지는 알 수 없다. 아무튼 나는 예전보다 피곤을 많이 느꼈는데 그 때는 일이 너무 많았으니 과로 때문이라는 생각을 했다.

굿을 하면 발바닥이 너무 아파 모서리에 문지르면서 아픔을 견뎠다. 내가 생각해도 탈이 나긴 난 듯했다. 자주 피로하고 안색도 좋지 않은데 목욕을 하다가 무심결에 젖을 문지르니 뭔가가 잡히는 듯도 했다. 어떤 때는 손가락 마디마디도 아프고 조금 일이 벅차다 싶으면 당장 눕고 싶었다. 잘 때 외에는 눕는 적이 없는데 이즈음은 어딘가에 기대는 일이 많아졌다. 내가 단골 고객들에게 그 얘기를 하니 일 제쳐놓고 빨리 병원에 가라고 성화를 댔다. 그래도 미루고 가지 않으니 한 단골이 병원에 예약을 했다. 그리고 약속을 했으니 열 일 제치고 가라며 내 등을 떠미는 바람에 병원에 갔다.

나를 진단한 의사는 심각한 표정이 되었다. 나는 내 병이 심상치 않다는 것을 직감했다.

"선생님, 있는 그대로 말씀해 주세요."

"유방암 확률이 99.9프로입니다."

"일프로는 아닐 수도 있겠네요?"

"아뇨. 확실합니다."

"그럼, 잘라야하는 건가요?"

"그게 깨끗하죠."

"그럼 잘라야죠."

나는 의사에게 수술하겠다는 뜻을 분명히 하고 그곳을 나오면서 속으로 중얼댔다.

"남도 다 걸리는데 나라고 걸리지 않으라는 법은 없으니까.."

나는 거리에 나오자마자 상훈이와 단골 신도들이 기다리고 있는 집보다 보험설계사에게 전화를 했다.

" 나 손이환데요, 유방암이라니까, 빨리 보험 얼마 나오나 때려 봐요"

설계사는 내 말뜻을 얼른 이해하지 못해 뭐라구요를 말하다가 겨우

이해하고는 곧 연락해준다고 했다. 그리고 나서 집에 전화를 했다. 잘아는 고객이 전화를 받더니 다급하게 물었다.

"유방암이래요. 그것두 말기래요."

"어서 빨리 오세요."

"상훈이는요.?"

"기다리고 있어요."

그렇게 전화를 끊고 나니 콧등이 찡해지면서 눈물이 났다. 나는 눈물이 흘릴까봐 하늘을 보면서 다시 한 번

"남들도 다 걸리는데 나라고 뭐 뾰족한 수가 있나 뭐. 보험은 빡세게 잘 들었네."

그러는데 상훈이 얼굴이 떠올랐다.

퇴원하는 날 궂하다.

특약을 많이 넣어 보험료로 수술비는 물론 생활비가 나오게 되었으니 돈 벌게 생겼다는 말이 나올 정도여서 수술비나 입원비 걱정은 붙들어 매어도 되었다.

나는 원자력 병원에 입원했다. 그리고 나름으로 운이 좋아 집도의 백남선 과장님은 유방암 수술 전문의로 소문난 명의여서 전이가 된 임파선 17개도 잘 떼어졌고, 수술은 성공이라고 했다. 무통수술을 했으므로 팔 운동을 열심히 해야 한다기에 나는 누워있지 않고 팔을 움직인답시

중계동 법당

고 핸드폰을 달고 살았다. 내가 수술한다는 것을 아는 사람들에게는 일일이 전화를 해 괜찮다고 알려줬다.

"보살님, 이 기회에 일 생각하지 마시고 편히 쉬세요."

"죽으면 맘껏 쉴 텐데 날더러 죽으라는 소리예요?"

날 염려하는 상대에게 이렇게 애매한 소리까지 하면서 쉬지 않겠다는 뜻을 전하고 절대로 소문내지 말라고 윽박지르기도 했다.

그래서인지 입원한 사실을 모르는 단골에게 전화가 오면 나는 만날 약속을 하고 환자복 위에 겉옷을 입고 냅다 법당으로 내달았다. 그리고 점을 봐주고 굿을 하겠다고 하면 일이 밀렸으니 좀 있다 하자고 말했다.

그렇게 병원에서 법당으로 출근을 하기 시작했다. 병원에서 아침을 먹고는 법당으로 가 손님을 맞고 5시에 퇴근하듯이 집에서 나와 병원으로 왔다.

내 간병을 맡은 분에게는 의사나 간호사가 손명숙 환자 어디 갔냐고 물으면 병원 밖 동산에 산보 나갔다고 말해 달라고 보너스까지 주면서 부탁했다.

그 입막음은 효과가 있었는지 들키지 않고 병원에서 법당으로 출퇴근할 수 있었다. 어떤 때는 손님이 일찍 법당에 와 나를 찾으면서 급하다고 하면 병원으로 오라고 하여 병원 바깥 벤치에 앉아서 점을 봐주기도 했다.

손님들은 내가 워낙 씩씩하니까 놀라다가도

"손 보살님 다우네요. 그렇게 하시는 것이 병을 이기는 길인지도 모르겠네요."

그래서 나는 병나기 전에 손님 보는 것만큼 일할 수 있었고, 그들 말처럼 병을 이기는 힘이 되었던 것 같기도 하다. 아니 그렇게 병을 잊었다.

문제는 점점 머리가 빠진다는 것이었다.

빗질해도 빠지고 머리를 감지 않아도 빠지니 이러다가는 머지않아 대머리가 될 것이 틀림없었다. 궁리 끝에 나는 머리를 빡빡 밀기로 했다. 내 의지로 미리 대머리가 되는 게 속편할 듯해 미장원으로 가 밀어 달라고 했다.

"빡빡 깎으시게요?"

미용사가 어리둥절해서 나를 빤히 바라봤다.

"스님처럼 매끈하게 해줘요. 요즘 영검이 떨어지는 듯해 기도 갈려구요."

빡빡 다 밀고는 미용사가 말했다.

"어머, 깎으셔도 예쁘시네요."

"그러게요. 예전에도 두 번인가 스님처럼 빡빡 밀었었는데 괜찮았지요."

그때도 미용사가 괜찮다는 말을 했었다.

내가 환자라는 사실을 잊고 열심히 움직여서인지 회복이 빨랐다. 한 달쯤 지나 퇴원해도 되겠느냐는 물음에 의사는 오라는 날만 잘 지키면 퇴원도 무방하다는 답변을 했다. 식구들은 병원비는 물론 간병비, 요양비가 나오고 생활비도 나오는데 왜 그리 성급하냐고 말렸으나 나는 퇴원을 고집했다.

"모레 굿 예약이 있어서 해야 해."

"퇴원하는 날 굿 한다고?"

"응, 약속이니까 지켜야 해."

식구들이 머리가 어떻게 된 거 아니냐고 한마디씩 했으나 내 고집대로 퇴원을 결정했다.

오전 열 시에 퇴원하고 열한시에 굿을 시작했다.

신도들은 내가 워낙 씩씩하니까 할 수 있겠냐고 묻지 않았다. 그 대신 굿하는 것을 옆에서 열심히 도와주면서 정성을 드렸다. 그 날 굿은 다른 때보다도 더 길게 아주 열심히 했다.

아들의 퍼포먼스

상훈이는 중학교 때까지 내가 담배피우는 걸 싫어했다.

"엄마, 담배 피우지 않으면 안돼요."

"안돼, 아들이 엄마를 좋아 한다는 건 담배연기도 좋아해야 하는 거야."

"피이, 그런 게 어디 있어."

내가 담배를 피우면 옆에서 성화를 해대던 애가 고등학교에 들어 간 어느 때부터 그 말이 쏘옥 들어갔다.

처음으로 아들 책상 서랍을 뒤져 보았다. 담배와 라이터가 나왔다. 나는 속으로 '지가 피우니까, 그 소리가 쏘옥 들어갔구나' 하면서 책상 서랍에 담배 몇 갑을 넣어주었다.

그래도 아들은 엄마 앞에서는 피우지 못하고 가끔씩 밖으로 나가서 피우는 모양이었다. 피우는 양이 많지는 않았던지 넣어준 담배가 빨리 줄어들지 않았다.

비보이가 되면서 아들은 밥 먹다가도 일어나 한바탕 추고, 오줌 누고 나와서도 추고, 법당에 있다가도 '신령님께도 보여 드려야지'라고 말하지는 않았으나 꼭 신령님께 보여드리듯이 열심히 추었다.

"상훈아, 네 춤은 왜 그리 요란하냐? 엄마처럼 좀 사뿐사뿐 출 수 없냐?"

"엄마 춤이 사뿐이라구? 요란의 극치지."

이렇게 서로의 춤을 가지고 네가 잘 났니, 내가 잘 났니 하는 식으로 실랑이를 하다가 결국은 서로의 춤을 인정하기도 했다.

비보이들의 굿판 뒷풀이

"너 그 춤 가지고 처자식은 먹여 살릴 수 있니?"

"글쎄지만 될 걸요."

그 말에 내가 슬쩍 말했다.

"상훈아, 너 스님 될래?"

"아이구, 엄만 별 걸 다 시키셔. 그것만은 엄마 말 듣지 못하겠는데요."

상훈이가 고개를 흔들고 손사래를 쳤다.

상훈이는 언제부터인가 내가 굿을 하고 나면 뒤풀이로 비보이 춤을 추기도 했다. 그러면 신도들은 박수를 치고 악사들은 악기를 불어 주기도 했다. 그 애가 집에 붙어 있는 때가 많지 않았으나 함께 있을 때는 꼭 뒤풀이를 해주었다.

"엄마, 요즘에는 국악에 맞춰 안무를 해 추면 기똥차."

그러면서 우리 가락에 맞춰 춤을 추는데 정말 그럴듯했다.

상훈이는 대학에 들어가면서 자기 팀을 만들었다.

'러기드 플로워(rugged floor)'라는 이름인데 그렇게 발음하기도 쉽지 않은 돼먹지(?) 않은 이름의 뜻이 뭐냐고 물으니 '마루가 있으면 어디서든 춤을 춘다'는 의미라고 했다.

그 팀을 만들어 대표가 된 이후 러기드 플로어는 대회에 나가 상을 타고 무슨 광고에도 나왔다고 보라고 성화를 댔다. 그들이 출연한 광고는 주인공 뒤에서 춤을 추는 것인데 안무가 훌륭했다. 나는 속으로는 감탄하면서도

"야, 니들 백 댄스 아냐? 주인공도 아니면서 으스대기는…"

하니까 아들은 광고에 나오는 게 얼마나 대단한지 모르냐고 엄마를 향해 혀를 차면서 안타까워했다. 말은 그렇게 했지만 속으로는 '어이구

우리 새끼들 너무 훌륭하게 잘 했어'하며 응원의 박수를 보냈다.

큰 굿을 하고 뒤풀이로 비보이가 춤을 춘다는 것이 어느 정도 알려진 뒤로는 구경꾼들이 굿이 끝나도 대부분 가지 않고 비보이 춤을 보면서 박수를 쳐 주기도 했다.

상훈이는 키가 크지 않다. 생후 얼마 되지 않아서부터 수술을 반복하느라 키가 제대로 크지 못한 것이니 그건 엄마 탓이다. 그래도 다리 장애를 갖고 태어난 어린 것이 수없이 반복된 다리 수술을 잘 견뎌내더니 이제는 그 다리로 춤을 춘다. 그리고 그냥 춤을 취미로 추는 것이 아니고 프로가 되었다는 것이 대견하기만하다.

무당 엄마를 부끄러워 하기는커녕 자랑스럽게 여기고 굿판의 여흥을 위해 기꺼이 춤을 춘다. 우리 모자가 때로는 속내를 감추고 네 춤이 어떠니 저떠니 하면서 티격태격 하는 것은 서로의 춤을 인정하면서 잘 춘다고 칭찬해주는 반대말이기도 하다.

인연법

옷깃만 스쳐도 인연이라면 그동안 내가 만난 사람들은 아주 특별한 연이 있어서 만난 것이다. 부모님, 형제, 자매들이야 핏줄로 연결된 연이어서 끈끈한 정이 있고, 살면서 이웃으로 만난 사람들은 전생에 어떤 연이 있어 알게 된 것으로 이야기가 통하면 사촌보다 가까운 이웃이 된다.

내가 무당이기에 만난 사람들 중에는 부모 자식의 인연, 친구가 되는

작은언니와 쌍둥이 동생

인연, 언니 동생이 되는 인연법 등 참으로 다양하다. 자식이 되는 인연으로는 신딸과 신아들이 있다. 나는 신딸을 열댓 명 갖게 되었고 신아들도 생겼다. 모두가 각별한 인연인데 그 중에서도 친부모 자식처럼 끈끈한 인연으로 오가면서 친분을 쌓는 사람이 있다. 그 여러 명 중에 신내동 신딸 박현옥이 있다. 그녀는 내가 무당 초창기에 만난 신도였는데 그 애가 신을 받아 신굿을 해주면서 각별해진 신딸이다. 신딸은 신이 내려 가방 하나만 달랑 메고 나에게 왔다. 우리 집에 삼 개월 있으면서 신굿을 받았는데 신이 빗자루를 타고 왔다.

굿을 하는데

"나는 백마 장군이다."

하면서 빗자루를 타고 들어왔으니 신이 오시는 방법도 다양하다. 딸은 신을 받고도 자리를 잘 잡지 못해 유난히 마음이 갔는데 신내동에 법당을 차린 후는 아주 잘하면서 살고 있어 안심이다. 무슨 때가 되면 엄마부터 찾고, 내 일이라면 열 일 제치고 와 나를 돕고 있으니 신딸이 되고서도 무소식이 희소식처럼 사는 딸들보다는 정이 더 간다.

형제자매들 중에도 손가락 길이가 다 다른 것처럼 유난히 가까운 형제가 있다.

육 형제 중에서도 나와 쌍둥이로 몇 분 늦게 세상에 나와 억울하게 동생이 된 정숙이가 형제 중에서는 끈끈하게 가깝다. 이 동생을 보면서 생년월일로 푸는 사주가 다 맞지는 않는다는 것을 실감한다. 동생은 사주는 나와 똑같다. 그렇다면 운명이 같아야하는데 그렇지 않다. 그녀는 나와는 다르게 평탄하게 잘 살고 있어 소위 팔자로 말하면 사람들이 부러워 할 수도 있는 복 많은 팔자에 속한다. 유능하고 성실한 남편에 시부모도 좋으시고 하나 있는 딸은 좋은 집안에 시집가서 참 부럽도록 잘 살고 있으니 어떤 때는 그 애가 먼저 태어나고 내가 동생이 되었으면 어땠을까하는 상상도 해보았다.

우리는 쌍둥이지만 전생이 다르기 때문에 각각 다른 삶을 살고 있다.

곰곰이 따져보면 동생은 성격이 유순하고 착하다. 아마도 성격이 운명이라는 풀이가 생년월일로 푸는 것보다 더 일리가 있을 것이라는 생각이 든다. 나와 생긴 모습이 똑같은 일란성 쌍둥이 동생은 어쩌면 자기는 평탄하게 잘 사는데 비해 언니는 풍파가 많고, 병으로 가슴 하나까지 도려냈으니 나한테 미안한 마음을 가지고 있을지도 모른다. 그런 생각이 드는 것은 동생이 다른 형제들에 비해 나한테 이를 데 없이 잘하고 있기 때문이다. 동생은 자기가 잘 살고 있는 것이 똑같이 생긴 언니한테 유난히 미안해하며 그 마음을 지극정성으로 갚는 심정 아니고서야 그렇게 잘 하기는 힘들다.

요즘은 내가 일이 있다면 아무리 바빠도 달려와 자기 일보다도 더 지극정성으로 챙겨준다. 손님 있을 때는 몇 분 먼저 나왔을 뿐인 언니에게 선생님이라 부르면서 공손하게 대하고, 집안 구석구석을 살피면서 살림을 해주고, 내가 밥을 잘 챙겨 먹도록 배려하면서 상훈이에게 더 엄마 이상으로 사랑을 준다.

이런 동생이 딱 한번 반기를 든 적이 있다. 그 애가 항공사에 다니는 남편을 따라 미국에 가 살 때인데 어느 날 전화기 왔다. 그러더니 대뜸 하는 말이

"언니. 언니가 삼십년 동안 언니 했으니까 이제는 내가 언니 할래. 알았지? 이제부터는 내가 언니니까 언니는 동생 하는 거야."

그 애가 멀리 이국땅에서 뭔 일이 있어 그런 심경의 변화가 왔는지는 모르겠으나 나는 자다가 봉창 두드리는 소리를 하는 동생에게 왜 그러냐는 말 대신에

"응, 알았어. 그렇게 해."
라고 말했다.

그런데 며칠 후에 다시 전화가 왔다.

"언니, 아무래도 안 되겠어. 언니가 그냥 언니 해. 알았지? 그럼 끊을게."

이렇게 해서 나는 동생 때문에 며칠 동생이 됐다가 도로 언니가 되었다. 헌데 그 일은 순전히 동생 혼자서 한 일이니 우리 식구 중에 아무도 모르는 일인데다가 언니 동생을 바꾸고 한 번도 그 호칭을 써보지 못했다는 것이다. 동생은 상대가 반격을 하지 않아 자신이 홀로 총을 겨눈

쿠데타가 너무 싱거워 맥이 빠졌는지, 아니면 생각만 해도 그 발상이 너무 진부해서 스스로 꼬리를 내렸는지 그 진실은 알 길이 없다. 시간이 많이 흐른 후에 그 때 왜 그랬느냐고 물은 적이 있다. 그러자 동생은 늘 그렇듯이 말없이 웃기만 했다.

단골은 내 친구

　부부 갈등으로 찾아오는 손님한테 내가 가장 많이 쓰는 말이 있다. '조강지처'는 아주 대단한 위치이므로 끝까지 지키고 사수해야하는 자리라는 것이다.

　남편이 외도를 했다거나 밖에 애인이 있다고 말하면서 이혼 운운하면 나는 이혼한다고 뾰족한 수가 없음을 강조하면서 대신 이런 처방을 내려준다.

　"남편의 여자가 부인 없는 좋은 남자가 생기도록 기도해주는 방법이 제일 좋겠네. 그런 치성이라면 내가 드려 줄께."

한다던가, 아니면

　"알면 병이고 모르면 약이라니까 그냥 덮어. 조강지처 위세가 얼마나 대단한데 그깟 일로 그 자리를 박차고 나와요. 홧김에 서방질이라면 또 몰라두, 정 참기 싫으면 당신도 바람 한번 피우구 그냥 넘기던지."

그러면 그들은 별 이상한 보살 봤다고 속으로 흉볼지 모르겠으나 일테면 그렇게 해서라도 그 위기를 넘기라는 뜻으로 말하는 것이다. 농담 반

친구와 유럽여행지에서

진담 반으로 한 말에 용기를 얻어 자신이 정말 맞바람을 피우면 그 집안은 쑥대밭 되기 십상이다.

더 골치 아픈 것은 남편이 아니라 여자가 바람이 났을 경우이다.

여자가 바람 난 상대를 남편보다 더 좋아하는 케이스는 내가 말려도 대체적으로 깨지는 경우가 많다. 여자가 딴 마음을 가지고 나에게 오면 내 마음 같아서는 정신 차리라고 매를 들어 패주고 싶은데 그러다가 폭행치상죄로 철창신세를 질지도 모르니 참지만 막 화가 난다. 그녀들은 갈라서는 마음을 먹고 아이들 때문에 나를 찾아오는 것이다. 아이를 남편이 주지 않겠다고 하니 어떻게 하면 좋겠냐는거나 아니면 상대 남자가 아이를 두고 나오라는데 참 고민이라는 식이다.

"당신은 이미 자식을 버렸구만. 나올 마음 정해 놓은 건 자식보다 당신이 우선이잖아? 지금 당신이 누구 말을 듣겠냐구?"

그런 여자 점괘는 파가 있어서 어떻게든 깨지게 돼 있다. 일부종사 못하고 깨져야 한다면 마음을 독하게 먹어야한다. 그럴 때는 내 얘기를 하기도 한다.

"나는 이혼을 두 번 했는데 피치 못하게 헤어져야하는 경우가 있는데 이럴 때는 마음 독하게 먹고 눈 똑바로 뜨고 살아야 해. 돈이라도 왕창 벌어 나중에 자식한테 못한 것 물질로라도 갚아야지 다른 수 없어. 자식 두고 나오면 그런 독한 마음은 가져야지."

나는 이혼을 두 번 한 주제에 이혼을 극구 말린다. 이혼해도 별 수 없기 때문이다. 내 경우 첫 번째는 너무 어려 남편의 바람기를 참을 후덕함이 없었고, 두 번째는 신이 내렸으니 인간적으로는 거의 불가항력이다. 그렇다고 때늦은 후회는 하지 않는 것만 못하니 내 일을 열심히 해 상훈이가 하고 싶은 일을 하게 해주려한다. 상훈이에게는 '엄마 돈은 신령님 돈'이라는 공식을 아들 뇌리에 심어놓으면서도 나는 자식을 위해 한번 멋지게 투자하려는 마음을 가지고 있다.

나와 인생 상담을 한 손님 중에 내 친구가 된 사람들이 꽤 있다. 꼭 외도문제로 서로 가슴을 털어 놓았대서가 아니라 서로의 속내를 털어 놓다보면 인간적으로 가까워진다. 사는 문제도 마찬가지다. 먹고 사는 문제를 상담하다가 가까워져 지금도 친구처럼 나를 찾아오는 단골이 있다. 그들은 친구 만나 수다 떠는 것보다 나와 이야기하는 편이 마음이 시원해진다고 말한다.

"보살님은 정신과 의사 같아요. 얘기를 하다 보면 내 스스로 해답도 얻어지고 그래 내 마음 돌리는 수밖에 다른 수가 없구나, 하는 생각이 들거든요."

"아이구, 고마워라. 당신은 스스로 꼬인 마음 풀어낼 능력이 있다니까."

서로의 속내를 드러내고 이야기하는 것은 참 중요하다. 헌데 동창이라든가 친척 경우는 속내를 드러내는 일이 쉽지 않다. 자존심이 걸리고 체면도 걸리고 잘못 했다가는 위로 받기는커녕 서로 상처를 안고 만나지 않는 일이 생길 수도 있다. 그러니까 정신과 의사가 필요하고, 우리 같은 무당이 필요하고, 점을 봐주는 역술가가 필요해진다. 마음 놓고 속을 털어 놓고 값을 치르니 마음의 부담이 없고 비밀이 탄로 나지 않을 것이니 뒤탈도 없다. 어쨌든 나는 무당이 되었기에 속을 내보일 수 있는 친구를 많이 갖게 되었다.

아들아, 춤추며 사는 인생도
그럴듯하겠지?

꿈에 나타난 이병헌

신령님은 나에게 꿈으로 계시를 주신다.

신굿을 받고는 덕만 공주를 보게 해 나는 선덕여왕을 모셨고, 상계동에서 자리 잡을 때 배꽃에 세 번 내려앉는 꿈을 꾼 후 내 이름을 이화(배꽃)로 바꾸고 법당 이름도 이화궁으로 바꿨다. 이렇게 결정적인 계기를 주는 것 말고도 나는 무슨 일을 할 때는 꼭 꿈을 꾼다.

지금의 검단(예전에는 김포 땅)에 자리 잡은 것도 꿈의 계시를 받았기 때문이다.

꿈에 비행기가 공중 쇼를 하며 폭죽을 터트리는 등 화려한 공중 곡예를 하는데 나는 그 비행기에 타고 있다가 어딘가로 내려왔다. 내려와 걷고 있는데 공중 곡예를 한 군인 아저씨들이 산에서 내려왔다.

"군인 아저씨들 덕에 좋은 쇼를 봤어요, 고맙습니다."

내가 그렇게 말하면서 한 아저씨 볼에 뽀뽀를 하는데 저쪽에서 탤런트 이병헌이 뛰어왔다. 나는 이병헌을 좋아하므로 가까이 가니 그가 '황토로 특허를 받으면 히트해요'라는 말을 했다.

꿈에서 깬 후 그 꿈이 예사로운 게 아니라는 생각이 들었다. 꿈에서 본 그곳을 찾고 싶은데 상계동은 다녀 봐도 그런 지형이 없었다. 신도 중에 땅에 대해서는 박식한 사람이 있어 그녀에게 물으니 자신이 검단 쪽에서 복덕방을 한다면서 그쪽으로 가보자고 했다. 그래서 본 곳이 지금의 이화궁 자리인데 그 위치는 꿈에서 이병헌과 마주친 바로 그 곳이었다.

마침 땅은 살 수 있는 곳이어서 매입을 하고 곧바로 황토로 한옥 집을

이화궁 법당

짓기 시작했다. 내가 집을 다 짓고 이곳으로 온 것은 2007년으로 그때까지 검단은 땅값이 싸고 인구도 그리 많지 않은 외진 곳이었다. 그리고 얼마 후에 신도시 발표가 나고 관심이 쏠리면서 땅값이 많이 오르고 인구도 많아졌고 지금도 계속 개발이 되면서 사람들이 몰려오고 있다.

이렇게 나는 2007년에 상계동 시대를 마감하고 검단 시대를 맞았다.

지금은 검단이 인천시에 편입 되었으나, 예전에는 내가 살던 김포 북변동과 아주 가까운 동네이니 나는 고향으로 돌아 온 것이나 진배없다.

검단 중학교에서 이백여 미터만 올라오면 이화궁이 있다. 황토와 나무로 지은 이화궁은 한옥으로 규모가 꽤 큰 집이다. 언뜻 외양으로만 보아도 그냥 살림집으로는 보이지 않을 만큼 집이 크다.

나는 집이 완성되고 대문에 '이화궁'이라 써 붙인 것 외에도 '중요무형문화재 104호 새남굿 손이화 이수자'라는 이름을 대문에 크게 붙여놓았다. 검단 시대부터는 정말 본격적으로 무당 일을 멋지게 해볼 생각이기 때문이다.

김포 도당굿을 재현했으니 해마다 도당굿을 해 김포의 발전과 안녕을 신령님께 빌 것이고 진정 사람들을 위한 무당으로 다시금 태어나고 싶다는 염원이 저절로 일어났던 것이다.

상훈이도 대학을 졸업하고 이제 막 사회인으로 출발을 한 상태이다. 지금은 나라의 아들로 있으나 얼마 있으면 제대를 할 것이고 그러면 비보이로서 다시금 무장을 하고 진정한 춤장이로 자기 길을 갈 것이다.

큰 집에 걸맞게 법당을 다시 만들면서 법당 조명을 아주 환하게 했다. 무당 법당이 대체적으로 어둡고 으스스해서 일반인에게는 친근감보다는 두려움을 주는 정겹지 않은 모습들인데 비해 나는 법당을 화려하게 꾸미고 환한 조명으로 따스한 느낌을 주도록 만들었다. 신령님은 고통받는 사람들의 편이지 호되게 꾸짖고 벌을 주는 신이 아니다. 문제가 있으면 머리를 맞대고 상의해 풀어낼 건 풀어내고 정성을 드리고 달래면서 얻을 것을 얻어내는 게 상책 아니겠는가.

새 집을 짓고 삼 년은 조심해야한다는 말처럼 나는 그렇게 스스로를 달래면서 마음을 다잡았는데도 이사 온 얼마 지나지 않아 심각한 우울증이 왔었다. 우울증이 너무 심각해 수면제를 사 모으기도 했다. 그런 나를 구해준 것은 신령님이 아니라 아들이었다(신령님, 죄송합니다. 그러나 책에 쓰는 것이니까 솔직해야함으로 있는 대로 쓰니 이 말로 벌은 주지 마세요).

내가 죽으면 상훈이는 어떻게 하는가. 기껏 여기까지 와놓고 우울증으로 죽으려고 하다니… 이제부터 멋지게 춤추면서 신나게 그것도 악착같이 살자고 해놓고는 이러는 건 말이 되지 않는다. 나는 아들을 생각하면서, 그리고 아들을 위해 이를 악물고 신령님께 매달렸다.

TVn의 엑소시스트 출연

마음을 다잡고 기운을 어느 정도 챙겼을 즈음이었다. 죽은 아들이 살았으면 서른이 넘어감으로 영혼결혼식을 치러줘야 한다는 생각을 하고 있었다.

엄마가 그런 마음을 갖고 있어서인지 생전 꿈에서조차 나타나지 않아 나를 서운하게 하던 죽은 큰아들이 꿈에 보였다. 꿈속에서 나는 그 아이에게 가디건을 사준다고 말하는데 장독대 위에 하얀 백말이 나타났다. 그것을 본 큰아들이

"엄마, 저 말이 나가니까 문 잠그세요."

하는 것이었다.

그동안 많은 꿈으로 계시를 받았으나 그 꿈은 해몽이 잘 되지 않았는데 영혼결혼식을 해주자고 해서 그런가 생각하면서 아들의 영혼결혼식을 치렀다.

그런 일이 있은 얼마 후 TVn방송사에서 연락이 왔다.

의논할 일이 있다고 해 그들과 미팅을 했다. 그들은 방송으로 신굿을 하는 것을 내보내고 싶으니 직접 신딸을 정하고 진짜로 신굿을 받는 전 과정을 촬영해 방송에 내보내자는 제의를 해왔다. 그들은 신이 온 사실

여 명 중에 여섯 명을 뽑고 최후로 한 명에게 신은 내려주는 전 과정을 찍는 어려운 과제였다.

나는 촬영에 임하겠다는 약속을 했다.

방송으로 전 과정을 내보내는 일이 얼마나 어려운 일인지, 과연 성공을 할 수는 있을 것인지 미지수인 상태에서 내가 신굿을 해줄 두 명을 골랐다. 신아들과 신딸 이렇게 두 명인데 그 두 사람 중 누가 성공하고 실패할 지 성패를 알 수 없는 상황이었다. 굿에 예행연습이 없듯이 방송 촬영도 예행연습은커녕 결말이 어떻게 날지 알 수 없는 상태에서 정해진 대본 없이 일을 맡아야하는 것이었다.

내게 모험과 도전을 좋아하는 기질이 있다는 것을 그 일을 하면서 다시금 깨달았다. 결말을 알 수 없는 일이기에 더 호기심이 일었고, 내 신령님이 나를 어떻게 도와주실지 가늠해 보고 싶은 호기심과 열정이 생겼다.

철저한 관찰과 철두철미한 분석으로 신아들과 신딸에게 신이 오고 그 것을 받아들일 수 있는 능력이 있는지를 점검해 나갔다. 물동이를 이고 손으로 잡지 않은 채로 긴 다리를 건너는 고행을 시키고 다른 과제도 많이 주었다. 그런 과정에서 남자가 도중하차하는 일이 생겼다. 신딸은 내가 내린 과제를 잘 수행했다. 산에서의 신 내림의 과정, 긴 다리를 건너는 과정, 찬 물에 맨 몸으로 들어가는 일 등 참으로 어려운 일들을 잘 해내 마침내 나의 법당 이화궁에서 긴 굿을 하기에 이르렀다. 그 일은 아주 힘든 긴 여정이었다.

방송이 나가자 굉장한 센세이션을 일으켰다. 공중파 방송이 아니고 케이블 방송임에도 시청률이 높았고 전국에서 문의 전화가 쇄도했다. 문

신굿 준비

한골들은 굿에 참여하기도 한다.

제제기는 무속 세계에서 왔다. 신굿을 해주는 중견 무당들의 항의가 방송국에 빗발쳤다. 그도 그럴 것이 내 훈련과정에서 탈락한 남자는 다른 무당에게서 신굿을 받아 박수무당이 되었으니 방송에서 탈락한 것으로 나가면 그에게 신굿을 해준 무당은 체면이 구겨지는 것이다. 여러 가지를 생각한 끝에 방송국에 방송을 중단해달라고 요구했다. 어렵게 만든 프로그램이지만 그 프로그램은 방송 채널로는 볼 수 없는 조치가 내려지고 나서야 항의에서 해방 될 수 있었다.

방송으로 인해 나는 아주 많이 알려지게 되었는데 그 일을 주선한 것은 죽은 큰아들이었다는 생각을 지금도 하고 있다.

그때 내게서 신굿을 받은 신딸은 법당을 차리고 일을 아주 잘하고 있다. 철저한 검증으로 신을 받아서인지 무당이 된 연조에 비해 점을 잘 보고 굿도 잘해 인기가 있는 무당이다. 자연히 손님도 많아 소위 잘 나가는 무당이 되었다.

그 신딸은 무슨 날이면 나를 찾아온다. 신딸로서 신엄마인 나에게 든든한 자식으로 내게 효도를 하고 있는 것이다.

신이 내렸다고 그리고 신굿을 받았다고 해서 무당 일을 잘 하는 것은 아니다.

신굿을 받고도 무업을 하지 않는 사람들이 많고, 무당의 길을 가면서도 신통치 않아 먹고 살기도 힘든 무당도 있다. 그런 부류들 중엔 신도들에게 사기를 쳐 무속 세계를 흐려놓는 경우가 많으니 나는 신을 받는 사람들에게 철저한 검증을 거쳐 해주는 것이 좋다는 생각을 해본다.

아들의 무대공연을 보면서

김기송 선생님과의 인연은 내 쪽진 머리에서 시작되었다.

김포의 어느 행사에 참석하게 되었는데 어느 분이 내 쪽진 머리를 찍어도 되느냐는 말을 해 돌아보니 연세가 지긋하신 어른이었다. 나중에 그 분에 대해 알게 되었는데 참으로 대단하신 분이었다.

어르신은 사십여 년 전 마을 이장을 하실 때 손돌묘를 복원하는 과정에서 덕포진의 포구를 발견해 덕포진을 지금의 문화 시적지로 만드신 분이었다. 우리나라 새마을 지도자 1호로 기록되고 계신 큰 농부로 손돌묘 복원 때에는 당신의 땅 육천 평을 내놓으셨다는 얘기를 듣고 김포에 이런 어른이 있다는 것은 김포의 자랑이라는 생각을 한 분인데 그렇게 그날 쪽진 머리를 해 알게 되면서 가까이 모시게 되었다.

그분은 기록을 좋아해 어느 행사나 장소에서건 사진을 찍고 받은 팜플릿 하나도 버리지 않고 모아 놓으셨다. 아드님은 지금 사는 집에 박물관을 만들어 아버지의 업적과 갖고 계신 물건을 잘 간직하려는 계획을 가지고 있다니 김 선생님은 자손도 훌륭하게 둔 어른이다.

나는 김포 사람으로 김포의 얼인 손돌 공을 위한 진혼제를 드리고 싶다는 열망을 갖고 있었다.

12세기 고려시대의 최고 뱃사공이 몽고의 침략으로 잠시 강화로 천도 하시는 임금을 태우고 가던 중 물살이 세고 깊은 돌목에서 배가 나아가지 않자 임금은 자신을 수장시키려는 적의 한 패인 줄 알고 손돌을 참수하라 이른다. 손돌은 죽어 가면서도 자신을 죽이는 나랏님을 살리기 위해 바가지를 띄우면서 바가지가 가는대로 배를 저어 가면 무사히 돌목을 지나갈 수 있다는 말을 하고 죽어 전설이 된 역사 속 인물이다.

그 후 손돌이 죽은 음력 10월 25일에는 어김없이 손돌 추위가 오고 손돌바람이 분다.

어렸을 때 이런 이야기를 듣고 손돌은 분명 나라를 구한 장군이라는 생각을 했었다. 그리고 무당이 되면서는 언제가 될지는 몰라도 손돌의 진혼제를 지내고 싶다는 생각을 하게 되었다. 김포에는 해마다 그 날이 오면 김포문화원 주최로 손돌묘에서 제사를 지내는데 일제 강점기에 하지 않다가 해방이 되면서 다시금 지내고 있다. 나는 그 분이 김포를 지켜주는 조상신이라는 생각을 하면서 손돌 진혼제를 지내면 김포가 더 좋아지리라는 생각을 하게 되었다. 그랬는데 손돌묘를 복원하고 2대 문화원장을 지내신 김 선생님을 만나게 된 것은 나의 이 꿈이 머지않아 이뤄질 것이라는 확신이 들기도 했다.

나는 2회 김포 도당굿을 할 때 사회를 봐주십사는 요청을 드리기도 해 퍽 가까이 지내는데 어느 날 선생님께서 점심먹자는 연락을 하셨다. 약속 장소에 나가니 어느 여자 분과 함께 계셨는데 선생님은 그 여자 분이 소설과 방송 일을 하는 최의선 작가라면서 이번에 「뱃사공 손돌」이란 신창극을 쓰셨다는 소개를 했다. 그렇게 만나 식사를 하는데 최 선생이 젊은이들에게 민요를 친하게 하기 위해 그 작품에 비보이를 등장시키는 장면을 넣었는데 비보이를 구하지 못해 큰일이라는 말을 하는 게 아닌가.

나는 주저하지 않고 '제 아들이 비보이에요'라고 말했다.

김 선생님은 당신이 발굴한 손돌이 무대공연을 통해 널리 알려지는 게 기뻐서 작가에게 식사를 대접하게 되었고 그 자리에 나를 부른 게

「뱃사공 손돌」 공연하는 비보이들

인연이 되어 우리 상훈이는 그 신창극에 비보이와 랩을 부르는 손돌 아들로 출연을 하게 되었다.

상훈이는 현역 방위여서 연습을 충분히 하지 못했다. 그래도 어른들과 호흡을 맞춰 공연한다는데 설레임과 흥분으로 열심히 하려는 노력을 하는 것 같았다. 다행히 상훈이 굿에 맞춰 춤을 추던 경험이 많아 도움이 된다고 했다.

아들은 그 역활을 맡고는 밥상을 차릴 때도 추고, 밥을 먹다가도 추고, 법당에서도 춤을 추는 등 열심을 냈다.

「뱃사공 손돌」은 본 공연이 아니고 새로운 스타일의 창극이므로 최선생님이 일하는 김포저널 신문사가 해마다 하는 농수로 축제의 한 파트로 공연하는 시연무대였다.

2009년 9월 12일 김포사우문화광장에서 열리는 농수로 축제 마당에는 많은 사람들이 모여들었다. 나는 친정어머니를 모시고 일찌감치 자리를 잡았다.

(사)경기민요합창단 윤소리 단장과 합창단원들이 하는 손돌 신창극은 맨 처음 하는 오프닝 프로였다. 화려한 무대는 관객들을 사로잡기에 충분했고 김포에서 이만한 공연을 한다는 사실에 놀라움을 금치 못했다. 드디어 상훈이 나오는 차례가 되었다. 상훈은 러기드 플로어 팀과 함께 춤을 추는데 비보이들이 뱅그르르 돌거나 공중회전을 하면 관중들은 환호하면서 박수를 쳐주었다. 나도 박수를 쳤고 옆의 어머니도 박수를 쳤다.

강경구 시장님도, 시의원도, 멀리서 오신 강지원 변호사와 그 부인 되신다는 김영란 대법관도 모두 상훈이의 비보이 춤을 보면서 박수를 쳤다. 내 눈에서는 눈물이 주루룩 흘렀다.

춤이 우리 모자를 살렸다.

나는 무당이 되면서 세속적인 많은 것을 잃었다.

남편을 잃었고, 안락한 삶을 잃었고, 세상에서 누릴 수 있는 많은 즐거움을 잃었다. 어찌 그뿐인가. 일일이 셀 수 없을 만큼 많이 버려야했으나 반대급부로 얻은 것 또한 많다.

예수님도 버려야 살 수 있다고 말씀하셨다. 아니 좀 더 강하게 말해 죽어야 살리라고 말씀했다.

무당이 되면서 손명숙은 죽었다. 그리고 무당 손이화로 다시 태어났다.

무당이 된 이후 다른 것을 넘보지 않았다. 내가 다른 일을 하고 살았다면 어땠을까 조차 상상해 보지 않았다.

무당은 나의 숙명이다.

그리고 춤은 나를 살게 하는 어떤 힘이었다. 점보는 것보다는 굿하는 게 좋고 그래서 춤을 추는 것이 좋다. 춤이 절정에 올라 무아지경이 되면 나는 카타르시스를 느낀다.

아마도 내 아들 상훈이도 그럴 것이라는 생각이 든다.

아들은 너무 외로워서 춤을 추기 시작했다는데, 춤이 기질에 맞지 않는다면 그렇게 계속해서 추고 비보이가 되지는 못했을 것이다.

비보이 춤으로 상을 탄 상훈

　우리 모자는 몸속에 춤을 추는 유전자가 있을 것이다. 내 아버지가 그랬듯이 유전자의 내력이 아니고는 달리 설명할 도리가 없다. 아버지는 자신의 신 내력을 숨기고 사시면서 도당굿이 열리면 막무가내 춤을 추었다. 물이 가득 찬 사발을 들고 도당산까지 갔다가 올 때까지 물 한 방울 흘리지 않고 춤추며 갔다 올 수 있는 것은 타고 나지 않으면 가능하지 않다.

　무당이라도 다 작두 위에서 덩실덩실 춤추지 못한다.

　아무래도 춤은 타고 난다.

　만약 내가 이런 기질을 일찍이 알아 무용수가 되었다면 신이 내리지 않았을지도 모른다는 생각은 해본 적이 있다. 무당이 되지 않는 비책으로는 무용밖엔 없었을 터인데 그걸 알지 못했으니 무당이 되어 춤을 추는 것인지도 모른다.

　사춘기의 상훈이는 춤이 추고 싶어 몸이 근질근질 했을 터이다. 얼마나 추고 싶었으면 집을 나가 거리에서, 공원에서, 지하철에서 추었을까. 엄마가 해주는 밥이 먹고 싶을 때는 다리를 흔들면서 그 간절함을 잊었을 터이고 혼자 있는 밤이 외로워 대문을 날아다녔을 것이다.

얼마나 다행인가. 그 애가 춤이 아니고 나쁜 습관에 물든 아이들과 휩쓸렸다면 깡패도 되고, 가출을 해 나쁜 일도 할 수 있었을 것이다. 그러지 않은 것이 얼마나 다행인가.

나는, 아니 우리 모자는 '춤'에 감사해야한다.

춤은 본능의 어떤 몸짓이다.

나는 무당춤으로 나름의 고통을 승화하고 상훈은 비보이로 외로움을 달랬다.

"상훈아, 우리 춤출래?"

"무슨 춤?"

"너는 비보이, 나는 무당춤."

"피이 그게 뭐야?"

"그게 뭐라니? 우리를 살려준 춤이잖니?"

"그래? 한번 해볼까?"

우리 모자는 그런 대화를 한 적은 있으나 정작 나서서 추지는 않았다. 그 대신 검단에 온 이후 내가 큰 굿을 할 때는 상훈이 꼭 뒤풀이를 해주었다.

이제 상훈은 피리소리에도 맞춰 비보이 춤을 추고 제금 소리에도 맞춰 춤을 춘다.

하기야 아무 소리가 나지 않아도 아들은 잘 춘다. 음악 소리가 나지 않으면 춤을 추지 못하는 쪽은 바로 나다. 나는 음악소리가 어느 정도 절정에 올라야 춤을 춘다. 그렇게 보면 상훈이 엄마보다 더 타고난 춤꾼인 듯하다.

무당은 특기 장학생

무당은 신이 뽑아준 특기 장학생이다.

신으로부터 부여받은 이 특기를 잘 풀어내면 먹고 사는 일이 해결될 뿐만 아니라 찾아오는 사람들에게 덕을 베풀 수 있다. 무당이라는 일이 직업으로 분류된다면 아주 좋은 직업이라는 생각도 든다. 아마도 내게 이 일은 적성에 맞는 듯하다.

신딸 중에 내 신어머니가 싫어한 딸이 있다. 신어머니는 그 애가 무당으로서 자질이 부족하다고 여기는 듯했다. 기왕이면 다홍치마라고 내 신딸이 신할머니에게도 사랑을 받으면 좋겠기에 그 딸에게 굿하는 방법을 가르쳤다. 공부로 말하면 과외공부를 시키는 셈이었다.

"너 밤에 우리 법당에 와. 우리끼리 굿을 해보자꾸나."

나는 신딸 기죽이지 않기 위해 춤을 가르쳤다. 그렇게 3년여를 보내고 나니 그 신딸의 굿하는 솜씨가 좋아져 나의 신어머니도 그 애를 싫어하지 않게 되었다.

나도 여러 명의 신딸을 거느리고 보니 윗사람 노릇하는 일이 쉽지만은 않다는 것을 알겠다. 나이를 먹어갈수록 내 현관에 걸어놓은 '좋은 사람은 나쁜 것이 없다'는 말이 예사롭게 보이지 않는다. 곱씹을수록 참 좋

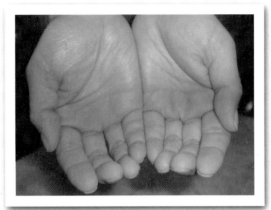
새끼 손가락이 제 마디인 오른손

은 글귀임에 틀림없다.

내 오른 손 새끼손가락은 네 마디다.

다른 사람과 손가락이 다르다는 걸 안 것은 무당이 되고 얼마 지나서였다.

우연히 손바닥을 보았는데 오른손 새끼손가락이 네 마디여서 얼른 왼손을 보니 그쪽 새끼손가락은 세 마디여서 오른쪽이 확실히 다른 것을 알았다. 손가락 마디가 무슨 의미인줄은 모르겠다. 그래도 막연히 남들보다는 식솔을 더 많이 거느리고 더 많이 풀어먹이고 많은 사람들과 함께 사는 인생을 만들라는 뜻이란 생각이 든다.

남이 성공하도록 도와주라고 그렇게 됐다면 그건 내가 성공하는 것이다. 내가 여러 명을 성공하도록 빌어줬다면 나는 그만큼 많이 성공하는 것이니 참 잘사는 인생이다.

단골들에게

"무당은 신으로부터 특수임무를 부여받은 사람이다."

아들과 함께 하는 송년파티

라는 말을 하면 그들은 웃으면서 내 말에 동의를 해준다.

헌데 그 특수 임무가 사람을 행복하게 해주는 일이라는 생각이 든다.

나쁜 일을 물리쳐주던, 성공을 도와주던, 결과는 그들이 행복해져야한다는 결론에 도달하게 된다. 하나밖에 없는 내 아들 상훈이에게도 행복을 안겨줘야 할 것이다. 아니 내가 행복을 주는 게 아니라 그 애가 인생을 살아가면서 즐겁게 살 수 있는 사람으로 크도록 도와줘야할 것이다.

꼭 그래서는 아니지만 얼마 전에 상훈에게 이런 제안을 했다.

"상훈아, 우리 이 법당에서 비보이 대회를 열면 어떻겠니?"

"와아, 우리 엄마 짱이다. 신령님이 맨날 엄마의 무당춤만 보시다가 우리 비보이 춤 보시면 정말 신나시겠는걸. 엄마, 그 아이디어 굿이야."

"그렇겠구나. 왜 진작 그 생각을 하지 못했을까?"

해서 우리는 추위가 물러가고 봄이 오면 이화궁에서 비보이 베틀대회를 여는 일을 해보기로 합의를 했다. 그 일은 생각만해도 즐거워진다. 신령님은 물론 비보이들이 한판 흐드러지게 놀 터이니 좋은 일이고 단골들에게도 신나는 무대를 보여줄 터이니 그 또한 좋은 일이다.

"상훈아, 기분이다. 니네 친구들 다 불러. 송년모임부터 우리 집에서 하자."

"오케이, 무당 엄마는 멋쟁이."

그리하여 2009년의 송년모임은 우리 집에서 치러졌다. 나는 비보이들과 송년모임을 춤과 노래로 밤새는 줄 모르고 질펀하게 놀았다.

고려산의 복주머니

몇 년 전 꿈을 꾸고 강화 고려산 자락에 있는 땅을 샀다. 신령님이 시키시는 일이니 묻지도 따지지도 않고 샀다. 8천여 평의 그 땅은 복주머니 모양을 한 지형으로 앞에 저수지가 있어 정경이 아주 좋다.

저수지 건넌 편에서 사진을 찍으면 왼 편이 무지개 빛깔로 환하게 빛이 난다. 그 모습이 신기해 사진을 다시 찍어도 똑같이 그 자리에 빛이 보이는데 내 단골들은

"보살님, 그 땅이 예사롭지가 않아요? 그곳에 뭐 하실 거예요?"
라고 묻기도 한다.

나는 아직은 구체적인 어떤 계획을 세우지는 않았으나 많은 사람들에게 행복을 주는 공간으로 만들어보고 싶다.

그곳에 우선 돌탑 세 개를 세우고 탑 꼭대기에는 남근을 세웠다. 반대편을 보면 꼭 여자 궁둥이 같은 형상을 하고 있음으로 반대편에는 남근을 만들면 좋을듯해 그렇게 했다.

신령님이 2010년이 되기 전에는 그냥 놔두라는 계시를 내렸으므로 돌탑 외에는 그대로 뒀는데 이젠 그때가 되었으니 무엇을 하게 될 것이다.

아마도 집을 짓게 된다면 자연과 어우러지는 자연 그 자체의 공간을 만들게 될 것이다. 내가 지금 맘먹고 있는 것은 집 주변에 단골들의 나무를 한 그루씩 심어주겠다는 것이다. 단골들뿐만 아니라 아는 사람들이 원하면 누구라도 그 사람의 나무를 심어주고 그 앞에는 꽃들이 무리 지어 흐드러지게 피어나도록 꽃은 많이 심으려한다.

얼마 전에는 그 앞에 연을 심으면 좋겠다는 생각이 들어 김포연소비

자모임에 회원으로 등록을 했다. 연은 잎부터 줄기 뿌리 등 모든 것이 사람에게 유익함을 주고 정화작용을 해주는 현대인들에게는 꼭 필요한 건강식품이다.

고려산의 땅은 나에게 많은 꿈을 꾸게 해준다.

그곳에 자연으로 환원할 수 있는 소재로 집을 멋지게 지어 문화공간으로 사용할 수 있어도 좋을 것이다. 내가 아는 사람들이 휴식이 필요할 때 그곳에 가서 쉬면서 재충전을 하는 휴식공간이면 참으로 좋을 것이다. 글을 쓰는 사람은 그곳에 가서 글을 쓰고, 노래를 부르고 싶은 사람은 노래를 부르고, 춤을 추고 싶은 사람은 춤을 추고, 잠자고 싶으면 그렇게 하고, 꽃을 가꾸고 싶으면 그렇게 하고, ….

그런 상상만 해도 나는 행복해진다.

신령님은 그곳이 그렇게 많은 사람들에게 행복을 주는 복의 근원이 되라고 복주머니 지형의 땅을 사도록 계시를 주신 것 같다.

그렇다면 나는 더더욱 그곳이 그런 의미로 쓰이는 공간을 만들어야 할 것이다.

어쩌면 그곳은 상훈이에게도 복의 근원이 되어줄 것이다. 만약 내 생각만큼 다 이루지 못하면 상훈이가 내 뜻을 이어받아 모든 사람들이 즐겁게 공유할 수 있는 곳으로 만들 것이다. 아들과 내가 춤을 통해 즐겁게 살아왔듯이 그곳을 찾는 이들에게 재밌고 행복한 공간으로 쓰여 진다면 나는 만족할 것이다.

그 일을 꼭 내가 해야 한다는 법은 없을 지도 모른다. 나보다 더 뜻이 있고 힘이 있는 사람이 있다면 그가 하도록 권리를 이양해도 좋을 것이다.

아무튼 그곳은 많은 사람들이 행복해지는 장소가 될 것임은 확실하다.

김포 도당굿

내가 2006년도에 김포 도당굿(석녀말 도당굿)을 복원하고 재현할 수 있었던 것은 당시 전통문화예술연구소 박성철 이사장의 힘이 컸다. 박 이사장은 김포의 소중한 문화유산을 계승 발전시키는 차원에서 도당굿 복원 방안에 관해 논의했다. 이 때 참석한 사람들은 김포가 신도시 개발 등 급격한 변화를 겪는 시점에서 잊혀져가는 전통문화의 복원이 필요하고 지역의 정체성 확립이 필요하다는데 의견을 같이 하면서 이 일이 추진되었다.

발기인 모임에는 지금의 문화원장이신 강보희 원장, 현재 경기도 도의원인 유영근, 현재 김포신문 발행인이며 전통문화예술연구소 이사장인 박태운 이사장, 시의원인 황금상 의원, 그 외에도 윤순영, 윤명철 교수, 홍진우 씨 등 전현직 기관단체장, 정당인, 교수들과 주민 대표 등 십여명이 참여해 도당굿을 추진하기로 결정을 했다.

나는 이 소식을 듣고 공연 형식의 도당굿을 재현하기로 하고 준비에 들어갔다.

이미 강릉의 단오제, 대동 풍어제 등 몇몇 굿은 문화공연으로 인정받으면서 유네스코의 세계문화유산으로 등재되기도 했으니 김포 도당굿

도당굿에 참석한 강경구 김포시장

재현은 뒤늦은 감이 있으나 그 때라도 서두른 것은 다행이었다.

어느 일이나 그렇듯이 21세기에 도당굿이 웬 말이냐며 반대하려는 사람들에게 박 이사장은 '서양에 추수감사절이 있다면 한국에는 도당 굿이 있다'면서 도당굿은 샤머니즘이 아닌 모두가 함께 즐기는 대동문화로서 새롭게 조명해야 함을 역설했다.

그 즈음에는 전국 각 지역에서 지자체별로 복원 작업이 활발하게 진행되고 있기도 했다. 이미 경기도 도당굿은 국가지정 중요무형문화재 98호로 지정돼 매년 열리고 있다. 대표적으로 수원 평동 도당 굿, 고색동 도당 굿, 영동 시장 도당 굿이 운영되고 있었다.

김포에서도 석녘말 서변리(현 북변동 시립도서관 인근)에서 행해지던 석녘말 도당굿은 김포의 대표적 도당굿이라 할 수 있다.

나는 가슴 설레면서 굿을 준비했다. 이미 민통선에서의 통일기원제,

월드컵 성공 기원제 두 번 등 큰 나라굿을 한터라 염려는 되지 않았으나 아버지가 참여하셨던 굿이기에 준비하는 마음이 남달랐다. 그 도당굿에 아버지의 혼이라도 오셔서 그리도 추고 싶어 하셨던 춤을 맘껏 추시면서 노실 수 있으면 좋겠다는 염원을 가득 담고 그 굿을 봉행하고 나니 늦었으나 아버지를 위로해 드린 듯 마음이 홀가분했다.

이듬해도 하고, 또 그 이듬 해, 2009년에 네 번째 도당굿을 했으니 별일 없으면 해마다 도당굿은 열리리라는 생각이지만 차제에 김포 도당굿이 지방문화재라도 되어야 한다는 생각이 든다. 어느 도시 보다 김포의 도당굿은 활기찼었고 번성했었다.

내 어렸을 적에는 가을 추수가 지나면 동네마다 돈을 추렴해 도당굿을 준비하느라 동네 사람들은 바쁘게 움직였고, 그로 인해 이웃 간의 친목도 돈독해졌었다. 누구는 얼마를 내고 또 누구는 무엇을 내고 하면서 머리를 맞대었다. 십시일반으로 모아 치른 굿으로 동네 아낙들과 할머니 할아버지들은 그날 하루는 집안 일 잊고 맘껏 술과 고기 등 푸짐하게 음식을 드시면서 넉넉한 하루를 보냈다. 어린아이들도 덩달아 신이 나 뛰어 다니며 떡과 과일로 배를 불리는 등 하루가 축제로 시작해 축제로 마무리하는 동네 잔치마당이었다.

이런 도당굿은 주민화합에도 큰 기여를 한다.

그날은 한 마당에 모여 배불리 먹으면서 서로의 안부를 묻고 혼기 맞은 집 자녀들을 위해 서로 중매도 알아보는 등 덕담과 자손 자랑도 나누는 그야말로 우리나라에서만 볼 수 있는 미풍양속이다. 이런 도당굿이 각 지역마다 열린다면 주민 불화는 거의 사라질 지도 모른다.

나는 김포뿐만이 아니라 각 동네마다 모두 도당굿을 했으면 한다.

예전에 해왔던 풍습을 이어 받으면서 시대에 맞게 축제로 승화 시켜도 좋고 옛 모습 그대로를 재현해도 좋다. 어차피 도당굿은 한 마을 사람들의 축제마당이니까.

춤추는 사람은 행복하다.

춤을 춘다는 것은 건강하다는 증거다. 바꿔 말하면 건강하지 못한 사람은 춤을 출 수 없다. 고로 춤을 추는 사람은 건강함으로 행복한 사람이다.

내가 유방암으로 수술을 하고 누워 있을 때 퇴원하면 제일 먼저 해보고 싶은 일이 춤추는 것이었다. 아마도 춤추고 싶어서 퇴원하는 날 굿을 강행했었는지도 모르겠다.

나는 그날 굿을 하면서 내가 나았다는 확신을 했다.

"아, 살아있고, 그리고 건강하다는 것은 얼마나 큰 축복인가. "

나는 살아있음이 감격스러워 눈물이 날듯했다.

살아있는 것만도 눈물이 날만큼 기쁜데 춤까지 출 수 있다니….

나는 한쪽 가슴을 자름으로서 생명의 고귀함을 새로 얻었다.

그리고 새삼 신령님께 감사의 인사를 드렸다.

"신령님, 감사합니다. 고맙고 또 고맙습니다. 저에게 신을 내려주셔서 굿을 하게 하시고 춤을 출 수 있게 하셨으니 저는 춤추는 인생을 살고 있나이다. "

노래방에서는 무당춤 대신
비보이 춤을 춘다.

나는 내 아들이 비보이인 게 좋다.

내 아들이 그만큼 건강한 것이니까.

발 장애자로 태어났음에도 춤을 추게 하셨으니 아들은 장애를 벗어나고도 건강을 거슬러 받을 만큼 강건해 진 것이다.

이제 앞으로는 아들이 춤추는 그 자체만으로도 감사기도를 드릴 것이다.

그리고 꿈이 있다면 엄마와 아들이 춤마당을 함께 열어 보는 일이다.

《무당 엄마와 비보이 아들의 춤 공연》이런 부제를 달고 멋진 춤 공연을 할 수 있다면 나는 행복할 것이다.

글을 쓰면서 그런 생각이 들어 상훈이에게 넌지시 물어보았다.

'상훈아, 너 더 유명해졌으면 좋겠어."

"지금도 유명한데 뭐."

"그치만 무당 엄마보다는 덜 유명하잖아?"

"참 엄마도 무식하시긴.. 엄마가 무당 세계에서는 나보다 유명할지 모르지만 비보이 세계에서는 엄마는 순 무명이라니까, 누가 엄마를 알기나 한다구우. 꿈 깨셔,"

"야 임마, 그렇게 치면 무당 세계에서는 니가 더 무명이지, "

" 근데 갑자기 그건 왜 따지시는데?"

"너는 내 세계에서도 좀 더 알려지고 나는 네 세계에서도 좀 알려지게 너와 내가 춤판을 한 번 붙어보자는 것이지."

"그게 뭐 대수야. 지금 한 판 붙을까?"

"생각해보구."

"엄만, 힘 딸려서 안될 걸.."

"너 무당 근력이 얼마나 센지 모르는구나. 임마, 무당은 신령님의 **빽**이 있어서 비보이 열 명이 붙어두 안돼."

"좋아, 오십대가 이십대와 한 판 벌리시겠다는 말씀이신데 일단 접수시키고, 연구해보자구요."

"좋았어, 너 연습이나 빡세게 하라구.."

"좋았어, 엄마나 연습 빡세게 하시라구요."

그러더니 상훈이는 벌떡 일어나 몸을 흔들어 대는데 내 눈이 어지러웠다.

나는 속으로 이렇게 중얼거렸다.

"아무래도 못 당하겠다. 쟤네 비보이들은 신령님 신이 오르지 않아도 저렇게 무아지경이 되자니… 무당 실력으로는 어림없을 거야."

그러면서도 내가 신이 막 올라 신 꽃이 폈을 때 추는 춤이 바보이처럼 격렬하다면 무당춤과 비보이가 일맥상통하는 점도 있을 것이라는 생각을 언뜻 해보았다.